考試分數大躍進
累積實力
百萬考生見證
應考秘訣

據日本國際交流基金考試相關概要

絶對合格 日檢必考單字

用填空背單字 & 情境網

N5

新制對應！

小池直子、林勝田 ◎合著

前言 Preface

學日語挖寶找創意，讓自己發光發熱！
必背單字！這樣背下來考試想丟分都難！
日語單字就要這樣學，誰能理解，誰就開竅，
接下來就是，爽到手舞足蹈，放聲尖叫！

5 效合一的高速合格學習法
最短時間，過目不忘，長久深入記憶

生活情境分類＋類對異詞，大量串聯單字
趣味圖像記憶＋單字填空，完全刻入腦海
外加 3 回實戰日檢模擬考題，讓您一次合格！

高分通過日檢，同時聽得懂、說得好，
能運用自如的人，學習單字必須有 4 個要素：

❶ **精通**：想精通日語，可以先讀透「一本書單字」，也就是反覆反覆再反覆到真正學會了。

❷ **分類**：作夢是圖像，記憶也是。要背單字，當然是將單字分門別類，以各種情境來記最快囉！

❸ **劇場**：把搭配單字的每一個句子都當作一個小劇場，去想像景象。每個句子會有不同時間、 各種話題，融合豐富又有趣的文化內容，就可以深度學習日語單字。

❹ **跟讀**：像影子一般不斷跟讀句子，這樣可以訓練耳朵能聽到更細的單字，動詞、助詞、副詞…還有句中各種表達方式，一直到自己能不用思考，就能如反射動作般說出日文、應用日文。長期下來口音就會愈來愈像日本人。

本書幫您網羅日檢必考 N5 單字，清楚引導學習方向，讓您短時間內就能掌握重點，節省下數十倍自行摸索的時間。再本著利用「喝咖啡時間」，也能「倍增單字量」、「高分通過新日檢」的意旨，將單字細分成諸多生活情境小單元，讓您不論是站在公車站牌前發呆，或是一個人喝咖啡等人，都能走到哪，學到哪。可別小看這些「瑣碎時間」，積少成多，不知不覺就能擁有充足的學習量，輕鬆通過新制日檢！

最後用最聰明的學習方法，成為您應考的秘密武器，事倍功半：

★「分類學習」：主題串聯記憶，單字量瞬間暴增數倍。

★「單字類對義詞」：雙重記憶，更好吸收。

★例句填空測驗：學完立即複習，累積超強應考實力。

★例句＋同級文法：同步學習 N5 文法，一舉兩得。

★速記趣味插圖：啟動右腦圖像記憶。

★ 3 回全真單字模擬試題：密集訓練提升臨場反應力。

用對方法，幫您打好單字底子，引導您靈活運用，更讓您在考前精確掌握出題方向和趨勢，累積應考實力。進考場如虎添翼，一次合格。

本書特色：

❶ 考官常考類、對義詞，多管齊下，強化您的日語「核心肌群」：

配合新制公布的考試範圍，精選出 N5 命中率最高的單字，並將中譯解釋去除冷門字義，並依照常用的解釋依序編寫而成。讓您在最短時間內，迅速掌握出題的方向！同時為您統整列出單字的類．對義詞，讓您精確瞭解單字各層面的字義，活用的領域更加廣泛。

此外，新制單字考題中的「替換類義詞」題型，是測驗考生在發現自己「詞不達意」時，是否具備「換句話說」的能力，以及對字義的瞭解度。此題型除了須明白考題的字義外，更需要知道其他替換的語彙及說法。為此，書中精闢點出該單字的類義詞，對應新制內容最紮實。

❷ 情境串聯單字，過目不忘：

本書將必考單字依照「詞義」分門別類化成各「生活情境」篇章，例如：學校、住家、家族、交通工具…等等。讓讀者從「單字→單字成句→情境串連」式學習，同類單字一次記下來。就像把單字分類收進不同的抽屜，碰到使用場合，啟動整串單字的聯想記憶。迅速增加單字量，頭腦清晰再也不混淆。

❸ 活用小劇場般例句＋文法，同步掌握應考雙重點：

背過單字的人一定都知道，單字學會了，要知道怎麼用，才是真正符合「活用」的精神。至於要怎麼活用呢？書中每個單字下面帶出 1 個例句（想像成一個小劇場），例句精選該單字常接續的詞彙、常使用的場合、常見的表現、常配合的 N5 文法等等。從例句來記單字，加深了對單字的理解，對根據上下文選擇適切語彙的題型，更是大有幫助，同時也紮實了文法及聽説讀寫的超強實力。

❹ 打鐵趁熱填空複習，手寫加深記憶軌跡：

例句不只能讓讀者同步學習閱讀能力及會話，例句中的單字部分更是挖空，讓讀者在學完一頁單字後立即驗收學習成果，針對不熟悉的部分再次複習，吸收效果絕佳。同時透過書寫，加深對漢字及單字的記憶，並讓讀者主動思考動詞與形容詞的變化，再次強化讀寫及口説能力！

❺ 小插圖輕鬆記，毫不費力氣：

書中善用大腦對於圖像記憶的敏感度，書中穿插圖片搭配單字，透過具體的畫面連結單字記憶，讓可愛又貼切的插圖，傳達比文字更精準的意思，讓您看過就記得、記住忘不了，同時給您翻閱雜誌一般精彩又充滿新奇的學習體驗！把短期記憶快速植入長期記憶！

❻ 高分關鍵，全真模試密集訓練，熟透日檢題型：

最後給您 3 回跟新制考試形式完全一樣的全真模擬考題，按照漢字讀音、假名漢字寫法、選擇文脈語彙及替換類異詞 4 種不同的題型，告訴您不同的解題訣竅。讓您在演練之後，不僅能即時得知學習效果，並充份掌握考試方向與精神，以提升考試臨場反應。就像上過合格保證班一樣，成為新制日檢測驗王！

❼ 不出國這樣練出日語口說力＆敏銳日文耳，全面提升應考力：

日檢中的聽力是許多人難以克服的考題，為此，本書附上日籍教師專業錄音的線上音檔，幫助您熟悉日語語調及正常速度。只要充分利用生活中一切零碎的時間，反覆多聽，在密集的刺激下，把單字、文法、生活例句聽熟，同時為聽力打下了堅實的基礎。

配合新制日檢，史上最強的日檢 N5 單字集，

讓您用最輕鬆有趣的方式，學到最完整紮實的內容。

書末加碼附上 N5 單字的 50 音順排序索引，

化身字典，方便您隨時查閱、複習！

無論是累積應考實力，或是考前迅速總複習，都是您最完整的學習方案。

CONTENTS

目錄

內頁使用說明

必背單字！這樣背下來考試想丟分都難！日語單字就要這樣學，誰能理解，誰就開竅，接下來就是，爽到手舞足蹈，放聲尖叫！

學日語就是要挖寶

單字中譯：

單字的詞性、中文定義，簡單清楚，方便記憶、讀熟。

雲端學習：

QR Code一掃就能收聽，無空間、時間限制學習，馬上聽、馬上通、馬上過！

情境活用：

作夢是圖像，記憶也是。主題分類，相關單字一網打盡，讓您加深印象、方便記憶，迅速KO必考單字。

循環記憶：

每個單字都有編號與六個打勾方格，✓□ 有小方格可打勾，可以留下背過單字的紀錄，透過多次背誦、循環記憶，找到強項跟弱項，加強大腦對單字的印象，效果顯著。

類語比較：

兩個單字意思都一樣，知道怎麼區分？透過插圖比較，從中精準掌握意思，強化單字「核心肌群」，在考場上交出漂亮成績單！

答案：

填空裡的答案直接放在頁面下方，方便立驗成效。這樣不必翻來翻去眼花撩亂，閱讀動線清晰好對照。

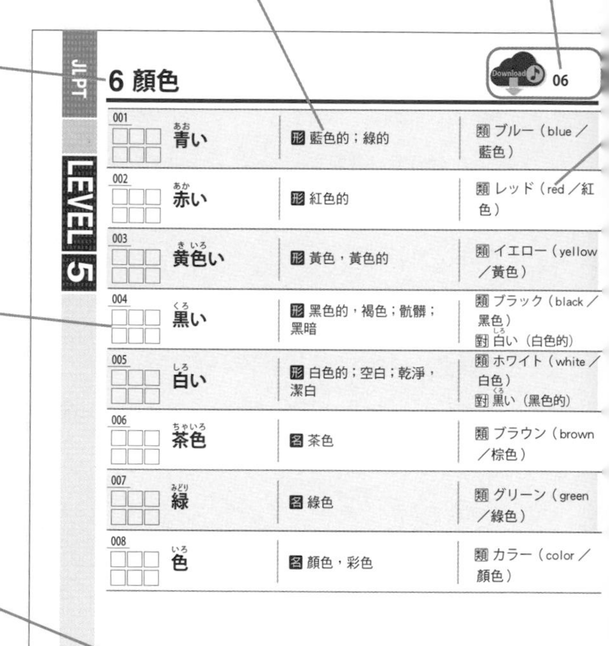

JLPT LEVEL 5

6 顏色 Download 06

001	青い（あおい）	形 藍色的；綠的	類 ブルー（blue／藍色）
002	赤い（あかい）	形 紅色的	類 レッド（red／紅色）
003	黄色い（きいろい）	形 黃色，黃色的	類 イエロー（yellow／黃色）
004	黒い（くろい）	形 黑色的，褐色；骯髒；黑暗	類 ブラック（black／黑色） 對 白い（しろい）（白色的）
005	白い（しろい）	形 白色的；空白；乾淨，潔白	類 ホワイト（white／白色） 對 黒い（くろい）（黑色的）
006	茶色（ちゃいろ）	名 茶色	類 ブラウン（brown／棕色）
007	緑（みどり）	名 綠色	類 グリーン（green／綠色）
008	色（いろ）	名 顏色，彩色	類 カラー（color／顏色）

哪裡不一樣呢？

青い（あおい）

藍色的，綠色的；不成熟的。形容詞。

緑（みどり）

綠色。名詞。

參考答案 01 青い 02 赤い 03 黄色い 04 黒い 05 白い 06 茶色 07 緑 08 色

024

小插圖輕鬆記：

善用大腦對於圖像記憶的敏感度，書中穿插圖片搭配單字，同時給您翻閱雜誌一般精彩又充滿新奇的學習體驗！把短期記憶快速植入長期記憶！

延伸學習：

單字類對義詞，學習一次打包，一口氣 3 倍擴大詞彙量。

劇場例句：

單字是學來用的，每一個句子是一個小劇場，去想像景象，體驗感受。每個句子會有不同時間、各種話題，融合豐富又有趣的文化內容，就可以培養語感，深度學習單字。

1 基本單字

□ ＿＿＿＿＿野菜を　たくさん　食べましょう。
多吃點綠色蔬菜吧。

□ ＿＿＿＿＿トマトが　おいしいですよ。
紅色的蕃茄很好吃喔。

□ 私の　かばんは　あの＿＿＿＿＿のです。
我的包包是那個黃色的。

□ 猫も　犬も＿＿＿＿＿です。
貓跟狗都是黑色的。

□ 山田さんは＿＿＿＿＿帽子を　かぶって　います。
山田先生戴著白色的帽子。

□ 山田さんは＿＿＿＿＿の　髪の　毛を　して　います。
山田小姐是咖啡色的頭髮。

□ ＿＿＿＿＿の　ボタンを　押すと　ドアが　開きます。
按下綠色按鈕門就會打開。

□ 公園に　いろいろな＿＿＿＿＿の　花が　咲いて　います。
公園裡開著各種顏色的花朵。

萬用會話

姐，借我襯衫。綠色和藍色的那兩件。
妹：姉ちゃん、シャツを貸してください。緑のと青いの。

那我也要穿，不行。
姉：私も着るから、だめ。

哼，你小氣。
妹：ええ、姉ちゃんのケチ。

025

手寫填空：

句中主要單字部分挖空，打鐵趁熱填空複習。同時透過書寫，加深對漢字及單字的記憶，強化讀寫及口說能力！

例句中譯：

貼切的翻譯，及填空的單字相對應的翻譯，用紅色字體標示出來。

萬用會話：

萬用會話：單字學會了，要知道怎麼用，才是實現背單字的最終目的——「活用」！看看日本人在聊天中如何使用這些單字表達喜怒哀樂等感情，讓死背硬記的單字，成為活的用語！

N5　題型分析

測驗科目（測驗時間）		試題內容				
		題型			小題題數＊	分析
語言知識（20分）	文字、語彙	1	漢字讀音	◇	7	測驗漢字語彙的讀音。
		2	假名漢字寫法	◇	5	測驗平假名語彙的漢字及片假名的寫法。
		3	選擇文脈語彙	◇	6	測驗根據文脈選擇適切語彙。
		4	替換類義詞	○	3	測驗根據試題的語彙或說法，選擇類義詞或類義說法。
語言知識、讀解（40分）	文法	1	文句的文法1（文法形式判斷）	○	9	測驗辨別哪種文法形式符合文句內容。
		2	文句的文法2（文句組構）	◆	4	測驗是否能夠組織文法正確且文義通順的句子。
		3	文章段落的文法	◆	4	測驗辨別該文句有無符合文脈。
	讀解＊	4	理解內容（短文）	○	2	於讀完包含學習、生活、工作相關話題或情境等，約80字左右的撰寫平易的文章段落之後，測驗是否能夠理解其內容。
		5	理解內容（中文）	○	2	於讀完包含以日常話題或情境為題材等，約250字左右的撰寫平易的文章段落之後，測驗是否能夠理解其內容。

	讀解＊	6	釐整資訊	◆	1	測驗是否能夠從介紹或通知等，約250字左右的撰寫資訊題材中，找出所需的訊息。
聽解（30分）		1	理解問題	◇	7	於聽取完整的會話段落之後，測驗是否能夠理解其內容（於聽完解決問題所需的具體訊息之後，測驗是否能夠理解應當採取的下一個適切步驟）。
		2	理解重點	◇	6	於聽取完整的會話段落之後，測驗是否能夠理解其內容（依據剛才已聽過的提示，測驗是否能夠抓住應當聽取的重點）。
		3	適切話語	◆	5	測驗一面看圖示，一面聽取情境說明時，是否能夠選擇適切的話語。
		4	即時應答	◆	6	測驗於聽完簡短的詢問之後，是否能夠選擇適切的應答。

＊「小題題數」為每次測驗的約略題數，與實際測驗時的題數可能未盡相同。此外，亦有可能會變更小題題數。

＊有時在「讀解」科目中，同一段文章可能會有數道小題。

模擬試題 **錯題糾錯＋解題攻略筆記！**

錯題 & 錯解

正解 & 解析

參考資料

絶對合格

日檢必考單字

1 寒暄語

編號	單字	詞性・中譯	類義詞・對義詞
001	（どうも）ありがとうございました	寒暄 謝謝，太感謝了	類 お世話様（せわさま）（感謝您）
002	頂（いただ）きます	寒暄 （吃飯前的客套話）我就不客氣了	對 御馳走様（ごちそうさま）（我吃飽了）
003	いらっしゃい（ませ）	寒暄 歡迎光臨	
004	（では）お元気（げんき）で	寒暄 請多保重身體	
005	お願（ねが）いします	寒暄 麻煩，請；請多多指教	
006	おはようございます	寒暄（早晨見面時）早安，您早	類 おはよう（早安）
007	お休（やす）みなさい	寒暄 晚安	類 お休（やす）み（晚安）
008	御馳走様（ごちそうさま）（でした）	寒暄 多謝您的款待，我已經吃飽了	對 頂（いただ）きます（開動）
009	こちらこそ	寒暄 哪兒的話，不敢當	
010	御免（ごめん）ください	寒暄 有人在嗎	
011	御免（ごめん）なさい	連語 對不起	類 すみません（對不起）
012	今日（こんにち）は	寒暄 你好，日安	
013	今晩（こんばん）は	寒暄 晚安你好，晚上好	

參考答案 01 ありがとうございました　02 頂（いただ）きます　03 いらっしゃいませ　04 お元気（げんき）で　05 お願（ねが）いします　06 おはようございます

□ ご親切(しんせつ)に、＿＿＿＿＿＿＿＿。
感謝您這麼親切。

□ では、＿＿＿＿＿＿＿＿。
那麼，我要開動了。

□ ＿＿＿＿＿＿＿＿。何名様(なんめいさま)でしょうか。
歡迎光臨，請問有幾位？

□ お婆(ばあ)ちゃん　楽(たの)しかったです。では＿＿＿＿＿＿＿＿。
婆婆今天真愉快！那，多保重身體喔！

□ 台湾(たいわん)まで　航空便(こうくうびん)で＿＿＿＿＿＿＿＿。
麻煩我用航空郵件寄到台灣。

□ ＿＿＿＿＿＿＿＿。いい　お天気(てんき)ですね。
早安。今天天氣真好呢！

□ もう　寝(ね)ます。＿＿＿＿＿＿＿＿。
我要睡囉。晚安！

□ ＿＿＿＿＿＿＿＿。おいしかったです。
多謝您的款待。非常的美味。

□ ＿＿＿＿＿＿＿＿、どうぞ　よろしく　お願(ねが)いします。
不敢當，請您多多指教！

□ ＿＿＿＿＿＿＿＿。山田(やまだ)です。
有人在家嗎？我是山田。

□ 遅(おそ)く　なって＿＿＿＿＿＿＿＿。
對不起。我遲到了。

□ 「＿＿＿＿＿＿＿＿、お出(で)かけですか。」「ええ、ちょっと　そこまで。」
「你好，要出門嗎？」「對，去辦點事。」

□ ＿＿＿＿＿＿＿＿、お散歩(さんぽ)ですか。
晚上好，來散步嗎？

07 おやすみなさい　08 ごちそうさまでした　09 こちらこそ　10 ごめんください
11 ごめんなさい　12 こんにちは　13 こんばんは

編號	單字	中譯	補充
014	さよなら／さようなら	寒暄 再見，再會；告別	類 じゃあね（再見（口語））
015	失礼（しつれい）しました	寒暄 請原諒，失禮了	
016	失礼（しつれい）します	寒暄 告辭，再見；對不起	
017	すみません	寒暄（道歉用語）對不起，抱歉；謝謝	類 ごめんなさい（對不起）
018	では、また	寒暄 那麼，再見	
019	どういたしまして	寒暄 沒關係，不用客氣，算不了什麼	
020	どうぞよろしく	寒暄 請多指教	
012	初（はじ）めまして	寒暄 初次見面，你好	
022	よろしく	寒暄 指教，關照	

哪裡不一樣呢？

失礼（しつれい）します

致歉或告辭，掛電話時也會使用。

失礼（しつれい）しました

致歉或告辭。

參考答案 ⑭ さようなら ⑮ 失礼（しつれい）しました ⑯ 失礼（しつれい）します ⑰ すみません ⑱ では、また

□ 「＿＿＿＿＿」は　中国語（ちゅうごくご）で　何（なん）と　いいますか。
「sayoonara」的中文怎麼說？

□ 忙（いそが）しいところに、電話（でんわ）して　しまって＿＿＿＿＿。
忙碌中打電話叨擾您，真是失禮了。

□ もう　5時（ごじ）です。そろそろ＿＿＿＿＿。
已經5點了。我差不多該告辭了。

□ ＿＿＿＿＿。トイレは　どこに　ありますか。
不好意思，請問廁所在哪裡呢？

□ ＿＿＿＿＿後（あと）で。
那麼，待會見。

□ 「ありがとう　ございました。」「＿＿＿＿＿。」
「謝謝您。」「不客氣。」

□ はじめまして、楊（よう）です。＿＿＿＿＿。
初次見面，我姓楊。請多指教。

□ ＿＿＿＿＿、どうぞ　よろしく。
初次見面，請多指教。

□ お父（とお）さんに、＿＿＿＿＿お伝（つた）え　ください。
請代我向令尊問好。

萬用會話

啊，是藍色池塘。真漂亮呢。不好意思，打擾一下。
女（おんな）：あ、青（あお）い池（いけ）だ。綺麗（きれい）だわ。あのう、すみません。

什麼事呢？
男（おとこ）：はい。

不好意思，請幫我拍張照片。
女（おんな）：すみませんが、写真一枚撮（しゃしんいちまいと）ってください。

哦，沒問題呀！
男（おとこ）：あ、いいですよ。

⑲ どういたしまして ⑳ どうぞよろしく ㉑ 初（はじ）めまして ㉒ よろしく

2 數字（一）

001	ゼロ【zero】／ れい 零	名（數）零；沒有	類 な 無い（沒有） 對 あ 有る（有）
002	いち 一	名（數）一；第一，最初；最好	類 ひと 一つ（一個）
003	に 二	名（數）2，兩個	類 ふた 二つ（兩個）
004	さん 三	名（數）3；3 個；第 3；3 次	類 みっ 三つ（3 個）
005	し　よん 四／四	名（數）4；4 個；4 次（後接「時（じ）、時間（じかん）」時，則唸「4」（よ））	類 よっ 四つ（4 個）
006	ご 五	名（數）5	類 いつ 五つ（5 個）
007	ろく 六	名（數）6；6 個	類 むっ 六つ（6 個）
008	しち　なな 七／七	名（數）7；7 個	類 なな 七つ（7 個）
009	はち 八	名（數）8；8 個	類 やっ 八つ（8 個）
010	きゅう　く 九／九	名（數）9；9 個	類 ここの 九つ（9 個）
011	じゅう 十	名（數）10；第 10	類 とお 十（10 個）
012	ひゃく 百	名（數）100；100 歲	
013	せん 千	名（數）（一）千；形容數量之多	
014	まん 万	名（數）萬	

參考答案 01 ゼロ　02 いち 一　03 に 二　04 さん 三
05 よ 四　06 ご 五　07 ろく 六

☐ 2 引く 2は＿＿＿＿＿＿です。
2 減 2 等於 0。

☐ 日本語は＿＿＿＿＿＿から 勉強しました。
從頭開始學了日語。

☐ ＿＿＿＿＿＿階に 台所が あります。
2 樓有廚房。

☐ ＿＿＿＿＿＿時ごろ 友達が 家へ 遊びに 来ました。
3 點左右朋友來家裡來玩。

☐ 昨日＿＿＿＿＿＿時間 勉強しました。
昨天唸了 4 個小時的書。

☐ 八百屋で リンゴを＿＿＿＿＿＿個 買いました。
在蔬果店買了 5 顆蘋果。

☐ 明日の 朝、＿＿＿＿＿＿時に 起きますから もう 寝ます。
明天早上 6 點要起床，所以我要睡了。

☐ いつもは＿＿＿＿＿＿時ごろまで 仕事を します。
平常總是工作到 7 點左右。

☐ 毎朝＿＿＿＿＿＿時ごろ 家を 出ます。
每天早上都 8 點左右出門。

☐ 子どもたちは＿＿＿＿＿＿時ごろに 寝ます。
小朋友們大約 9 點上床睡覺。

☐ 山田さんは 兄弟が＿＿＿＿＿＿人も います。
山田先生的兄弟姊妹有 10 人之多。

☐ 瓶の 中に 5＿＿＿＿＿＿円玉が＿＿＿＿＿＿個 入って いる。
瓶子裡裝了百枚的 5 百元圓。

☐ その 本は＿＿＿＿＿＿ページ あります。
那本書有 1000 頁。

☐ ここには 120＿＿＿＿＿＿ぐらいの 人が 住んで います。
約有 120 萬人住在這裡。

08 七　09 八　10 九　11 十
12 百、百　13 千　14 万

3 數字（二）

001	ひと 一つ	名（數）1；1個；1歲	類 いっこ 1個（1個）
002	ふた 二つ	名（數）2；兩個；兩歲	類 にこ 2個（兩個）
003	みっ 三つ	名（數）3；3個；3歲	類 さんこ 3個（3個）
004	よっ 四つ	名（數）4個；4歲	類 よんこ 4個（4個）
005	いつ 五つ	名（數）5個；5歲；第5（個）	類 ごこ 5個（5個）
006	むっ 六つ	名（數）6；6個；6歲	類 ろっこ 6個（6個）
007	なな 七つ	名（數）7個；7歲	類 ななこ 7個（7個）
008	やっ 八つ	名（數）8；8個；8歲	類 はっこ 8個（8個）
009	ここの 九つ	名（數）9個；9歲	類 きゅうこ 9個（9個）
010	とお 十	名（數）10；10個；10歲	類 じゅっこ 10個（10個）
011	いく 幾つ	名（不確定的個數，年齡）幾個，多少；幾歲	類 なんこ 何個（多少個）
012	はたち 二十歳	名 20歲	類 にじゅっさい 20歲（20歲）

我想學的單字

參考答案 01 ひと 一つ　02 ふた 二つ　03 みっ 三つ　04 よっ 四つ
05 いつ 五つ　06 むっ 六つ、むっ 六つ　07 なな 七つ

☐ 間違った　ところは＿＿＿＿＿＿しかない。
只有 1 個地方錯了。

☐ 黒い　ボタンは＿＿＿＿＿＿ありますが、どちらを　押しますか。
有兩顆黑色的按鈕，要按哪邊的？

☐ りんごを＿＿＿＿＿＿ください。
請給我 3 顆蘋果。

☐ 今日は＿＿＿＿＿＿薬を　出します。ご飯の　後に　飲んで　ください。
我今天開了 4 顆藥，請飯後服用。

☐ 日曜日は　息子の＿＿＿＿＿＿の　誕生日です。
星期日是我兒子的 5 歲生日。

☐ 四つ、五つ、＿＿＿＿＿＿。全部で＿＿＿＿＿＿あります。
4 個、5 個、6 個。總共是 6 個。

☐ コップは＿＿＿＿＿＿ください。
請給我 7 個杯子。

☐ アイスクリーム、全部で＿＿＿＿＿＿ですね。
一共 8 個冰淇淋是吧。

☐ うちの　子は＿＿＿＿＿＿に　なりました。
我家小孩 9 歲了。

☐ うちの　太郎は　来月＿＿＿＿＿＿に　なります。
我家太郎下個月滿 10 歲。

☐ りんごは＿＿＿＿＿＿ありますか。
有多少蘋果呢？

☐ 私は＿＿＿＿＿＿で　子どもを　生んだ。
我 20 歲就生了孩子。

08 八つ　09 九つ　10 十　11 幾つ
12 二十歳

4 星期

No.	單字	意思	類
001	日曜日（にちようび）	名 星期日	類 日曜（にちよう）（週日）
002	月曜日（げつようび）	名 星期一	類 月曜（げつよう）（週一）
003	火曜日（かようび）	名 星期二	類 火曜（かよう）（週二）
004	水曜日（すいようび）	名 星期三	類 水曜（すいよう）（週三）
005	木曜日（もくようび）	名 星期四	類 木曜（もくよう）（週四）
006	金曜日（きんようび）	名 星期五	類 金曜（きんよう）（週五）
007	土曜日（どようび）	名 星期六	類 土曜（どよう）（週六）
008	先週（せんしゅう）	名 上個星期，上週	類 前週（ぜんしゅう）（上週）
009	今週（こんしゅう）	名 這個星期，本週	類 この週（しゅう）（本週）
010	来週（らいしゅう）	名 下星期	類 次週（じしゅう）（下週）
011	毎週（まいしゅう）	名 每個星期，每週，每個禮拜	類 1週間（いっしゅうかん）ごと（每星期）
012	～週間（しゅうかん）	名・接尾 …週，…星期	類 週（しゅう）（…週）
013	誕生日（たんじょうび）	名 生日	類 バースデー（birthday／生日）

參考答案 01 日曜日（にちようび） 02 月曜日（げつようび） 03 火曜日（かようび） 04 水曜日（すいようび） 05 木曜日（もくようび） 06 金曜日（きんようび） 07 土曜日（どようび）

☐ ＿＿＿＿＿＿の 公園（こうえん）は 人（ひと）が 大勢（おおぜい） います。
禮拜天的公園有很多人。

☐ 来週（らいしゅう）の＿＿＿＿＿＿の 午後（ごご） 3時（さんじ）に、駅（えき）で 会（あ）いましょう。
下禮拜一的下午３點，我們約在車站見面吧。

☐ ＿＿＿＿＿＿に 600円（ろっぴゃくえん） 返（かえ）します。
星期二我會還你 600 圓。

☐ 月曜日（げつようび）か＿＿＿＿＿＿に テストが あります。
星期一或星期三有小考。

☐ 今月（こんげつ）の 7日（なのか）は＿＿＿＿＿＿です。
這個月的７號是禮拜四。

☐ 来週（らいしゅう）の＿＿＿＿＿＿友達（ともだち）と 出（で）かける つもりです。
下週五我打算跟朋友出去。

☐ 先週（せんしゅう）の＿＿＿＿＿＿は とても 楽（たの）しかったです。
上禮拜六玩得很高興。

☐ ＿＿＿＿＿＿の 水曜日（すいようび）は 20日（はつか）です。
上週三是 20 號。

☐ ＿＿＿＿＿＿は 80時間（はちじゅうじかん）も 働（はたら）きました。
這一週工作了 80 個小時之多。

☐ それでは、また＿＿＿＿＿＿。
那麼，下週見。

☐ ＿＿＿＿＿＿日本（にほん）に いる 彼（かれ）に メールを 書（か）きます。
每個禮拜都寫 e-mail 給在日本的男友。

☐ 1（いっ）＿＿＿＿＿＿に 1回（いっかい）ぐらい 家族（かぞく）に 電話（でんわ）を かけます。
我大約一個禮拜打一次電話給家人。

☐ おばあさんの＿＿＿＿＿＿は 10月（じゅうがつ）です。
奶奶的生日在 10 月。

08 先週（せんしゅう）　09 今週（こんしゅう）　10 来週（らいしゅう）　11 毎週（まいしゅう）
12 週間（しゅうかん）　13 誕生日（たんじょうび）

5 日期

001	一日（ついたち）	名（每月）1號，初1	類 1日間（いちにちかん）（一天）
002	二日（ふつか）	名（每月）2號，2日；兩天；第2天	類 2日間（ににちかん）（兩天）
003	三日（みっか）	名（每月）3號；3天	類 3日間（さんにちかん）（3天）
004	四日（よっか）	名（每月）4號，4日；4天	類 4日間（よにちかん）（4天）
005	五日（いつか）	名（每月）5號，5日；5天	類 5日間（ごにちかん）（5天）
006	六日（むいか）	名（每月）6號，6日；6天	類 6日間（ろくにちかん）（6天）
007	七日（なのか）	名（每月）7號；7日，7天	類 7日間（ななにちかん）（7天）
008	八日（ようか）	名（每月）8號，8日；8天	類 8日間（はちにちかん）（8天）
009	九日（ここのか）	名（每月）9號，9日；9天	類 9日間（きゅうにちかん）（9天）
010	十日（とおか）	名（每月）10號，10日；10天	類 10日間（じゅうにちかん）（10天）
011	二十日（はつか）	名（每月）20日；20天	類 20日間（にじゅうにちかん）（20天）
012	一日（いちにち）	名 一天，終日；一整天；（每月的）1號（ついたち）	類 終日（しゅうじつ）（一整天）
013	カレンダー【calendar】	名 日曆；全年記事表	類 こよみ（日曆）

參考答案 01 一日（ついたち） 02 二日（ふつか） 03 三日（みっか） 04 四日（よっか） 05 五日（いつか） 06 六日（むいか） 07 七日（なのか）

□ 仕事(しごと)は　7月(しちがつ)______から　始(はじ)まります。
從7月1號開始工作。

□ ______からは　雨(あめ)に　なりますね。
2號後會開始下雨。

□ ______から　寒(さむ)く　なりますよ。
3號起會變冷喔。

□ 1日(ついたち)から______まで　旅行(りょこう)に　出(で)かけます。
1號到4號要出門旅行。

□ 1ヶ月(いっかげつ)に______ぐらい　走(はし)ります。
我一個月跑步5天。

□ ______は　何時(なんじ)まで　仕事(しごと)を　しますか。
你6號要工作到幾點？

□ 7月(しちがつ)______は　七夕祭(たなばたまつ)りです。
7月7號是七夕祭典。

□ 今日(きょう)は　4日(よっか)ですか。______ですか。
今天是4號？還是8號？

□ ______誕生日(たんじょうび)だったから　家族(かぞく)と　パーティーを　しました。
9號是我的生日，所以和家人辦了慶祝派對。

□ ______の　日曜日(にちようび)　どこか　行(い)きますか。
10號禮拜日你有打算去哪裡嗎？

□ ______の　天気(てんき)は　どうですか。
20號的天氣如何？

□ 今日(きょう)は______中(じゅう)　暑(あつ)かったです。
今天一整天都很熱。

□ きれいな　写真(しゃしん)の______ですね。
好漂亮的相片日曆喔！

08 八日(ようか)　09 九日(ここのか)　10 十日(とおか)　11 二十日(はつか)
12 一日(いちにち)　13 カレンダー

6 顏色

編號	單字	詞性／意思	類／對
001	青い（あおい）	形 藍色的；綠的	類 ブルー（blue／藍色）
002	赤い（あかい）	形 紅色的	類 レッド（red／紅色）
003	黄色い（きいろい）	形 黃色，黃色的	類 イエロー（yellow／黃色）
004	黒い（くろい）	形 黑色的，褐色；骯髒；黑暗	類 ブラック（black／黑色） 對 白い（しろい）（白色的）
005	白い（しろい）	形 白色的；空白；乾淨，潔白	類 ホワイト（white／白色） 對 黒い（くろい）（黑色的）
006	茶色（ちゃいろ）	名 茶色	類 ブラウン（brown／棕色）
007	緑（みどり）	名 綠色	類 グリーン（green／綠色）
008	色（いろ）	名 顏色，彩色	類 カラー（color／顏色）

哪裡不一樣呢？

青い（あおい）

藍色的，綠色的；不成熟的。形容詞。

緑（みどり）

綠色。名詞。

參考答案 01 青い（あおい） 02 赤い（あかい） 03 黄色い（きいろい） 04 黒い（くろい） 05 白い（しろい） 06 茶色（ちゃいろ） 07 緑（みどり） 08 色（いろ）

□ ＿＿＿＿＿＿野菜を　たくさん　食べましょう。
多吃點綠色蔬菜吧。

□ ＿＿＿＿＿＿トマトが　おいしいですよ。
紅色的蕃茄很好吃喔。

□ 私の　かばんは　あの＿＿＿＿＿＿のです。
我的包包是那個黃色的。

□ 猫も　犬も＿＿＿＿＿＿です。
貓跟狗都是黑色的。

□ 山田さんは＿＿＿＿＿＿帽子を　かぶって　います。
山田先生戴著白色的帽子。

□ 山田さんは＿＿＿＿＿＿の　髪の　毛を　して　います。
山田小姐是咖啡色的頭髮。

□ ＿＿＿＿＿＿の　ボタンを　押すと　ドアが　開きます。
按下綠色按鈕門就會打開。

□ 公園に　いろいろな＿＿＿＿＿＿の　花が　咲いて　います。
公園裡開著各種顏色的花朵。

萬用會話

姐，借我襯衫。綠色和藍色的那兩件。
妹：姉ちゃん、シャツを貸してください。緑のと青いの。

那我也要穿，不行。
姉：私も着るから、だめ。

哼，你小氣。
妹：ええ、姉ちゃんのケチ。

7 量詞

編號	單字	詞性・中譯	類
001	～階（かい）	接尾（樓房的）…樓，層	類 階段（かいだん）（樓梯）
002	～回（かい）	名・接尾 …回，次數	類 回数（かいすう）（次數）
003	～個（こ）	接尾 …個	類 箇（か）（個）
004	～歳（さい）	接尾 …歲	類 才（さい）（歲）
005	～冊（さつ）	接尾 …本，…冊	
006	～台（だい）	接尾 …台，…輛，…架	
007	～人（にん）	接尾 …人	類 ひと（人）
008	～杯（はい）	接尾 …杯	
009	～番（ばん）	接尾（表示順序）第…，…號	類 順番（じゅんばん）（順序）
010	～匹（ひき）	接尾（鳥，蟲，魚，獸）…匹，…頭，…條，…隻	
011	ページ【page】	名・接尾 …頁	類 丁付け（ちょうづけ）（頁碼）
012	～本（ほん）	接尾（計算細長的物品）…枝，…棵，…瓶，…條	
013	～枚（まい）	接尾（計算平薄的東西）…張，…片，…幅，…扇	

かい
1 ～階
かい
2 ～回
こ
3 ～個
さい
4 ～歳
さつ
5 ～冊
だい
6 ～台
にん
7 ～人
はい
8 ～杯
ばん
9 ～番
ひき
10 ～匹
11 ページ
ほん
12 ～本
まい
13 ～枚

001	～階（かい）	□（樓房的）…樓，層
002	～回（かい）	□ …回，次數
003	～個（こ）	□ …個
004	～歳（さい）	□ …歲
005	～冊（さつ）	□ …本，…冊
006	～台（だい）	□ …台，…輛，…架
007	～人（にん）	□ …人
008	～杯（はい）	□ …杯（ばい）
009	～番（ばん）	□（表示順序）第…，…號
010	～匹（ひき）	□（鳥，蟲，魚，獸）…匹，…頭，…條，…隻
011	ページ【page】	□ …頁
012	～本（ほん）	□（計算細長的物品）…支，…棵，…瓶，…條
013	～枚（まい）	□（計算平薄的東西）…張，…片，…幅，…扇

參考答案 01 階（かい） 02 回（かい） 03 個（こ） 04 歳（さい） 05 冊（さつ） 06 台（だい） 07 人（にん）

- □ 本屋(ほんや)は　5(ご)＿＿＿＿＿＿の　エレベーターの　前(まえ)に　あります。
  書店位在 5 樓的電梯前面。
- □ 1日(いちにち)に　3(さん)＿＿＿＿＿＿薬(くすり)を　飲(の)みます。
  一天吃 3 次藥。
- □ 冷蔵庫(れいぞうこ)に　たまごが　3(さん)＿＿＿＿＿＿あります。
  冰箱裡有 3 個雞蛋。
- □ 日本(にほん)では　6(ろく)＿＿＿＿＿＿で　小学校(しょうがっこう)に　入(はい)ります。
  在日本，6 歲就上小學了。
- □ 雑誌(ざっし)2(に)＿＿＿＿＿＿と　ビールを　買(か)いました。
  我賣了 2 本雜誌跟一瓶啤酒。
- □ 今日(きょう)は　テレビを　1(いち)＿＿＿＿＿＿買(か)った。
  今天買了 1 台電視。
- □ 昨日(きのう)　4(よ)＿＿＿＿＿＿の　先生(せんせい)に　電話(でんわ)を　かけました。
  昨天我打電話給 4 位老師。
- □ コーヒーを　1(いっ)＿＿＿＿＿＿いかがですか。
  請問要一杯咖啡嗎？
- □ 8(はち)＿＿＿＿＿＿の　方(かた)、どうぞ　入(はい)って　ください。
  8 號的客人請進。
- □ 庭(にわ)に　犬(いぬ)　2(に)＿＿＿＿＿＿と　猫(ねこ)　1(いっ)＿＿＿＿＿＿が　います。
  院子裡有 2 隻狗和 1 隻貓。
- □ 今日(きょう)は　雑誌(ざっし)を　10(じゅっ)＿＿＿＿＿＿読(よ)みました。
  今天看了 10 頁的雜誌。
- □ 鉛筆(えんぴつ)が　1(いっ)＿＿＿＿＿＿あります。
  有一支鉛筆。
- □ 切符(きっぷ)を　2(に)＿＿＿＿＿＿買(か)いました。
  我買了兩張票。

08 杯(ぱい)　09 番(ばん)　10 匹(ひき)、匹(ぴき)　11 ページ
12 本(ぼん)　13 枚(まい)

1 身體部位

001	あたま 頭	名 頭；（物體的上部）頂；頭髮	類 かしら（腦袋）
002	かお 顔	名 臉，面孔；面子，顏面	類 フェス（face／臉）
003	みみ 耳	名 耳朵	類 耳朶（じだ）（耳朵）
004	め 目	名 眼睛；眼珠，眼球	類 瞳（ひとみ）（瞳孔）
005	はな 鼻	名 鼻子	類 ノーズ（nose／鼻子）
006	くち 口	名 口，嘴巴	類 マウス（mouth／口）
007	は 歯	名 牙齒	類 虫歯（むしば）（蛀牙）
008	て 手	名 手，手掌；胳膊	類 ハンド（hand／手） 對 足（あし）（腳）
009	なか お腹	名 肚子；腸胃	類 腹（はら）（腹部）
010	あし 足	名 腿；腳；（器物的）腿	對 手（て）（手）
011	からだ 体	名 身體；體格	類 身体（しんたい）（身體）
012	せい 背	名 身高，身材	類 背（せ）（背部）
013	こえ 声	名（人或動物的）聲音，語音	類 音（おと）（“物體的”聲音）

1 頭（あたま）
嘴巴張開唷～
2 顔（かお）
3 耳（みみ）
4 目（め）
5 鼻（はな）
13 声（こえ）
啊～～
12 背（せい）
6 口（くち）
7 歯（は）
8 手（て）
11 体（からだ）
9 お腹（なか）
10 足（あし）

001	頭（あたま）	□ 頭；（物體的上部）頂；頭髮
002	顔（かお）	□ 臉，面孔；面子，顏面
003	耳（みみ）	□ 耳朵
004	目（め）	□ 眼睛；眼珠，眼球
005	鼻（はな）	□ 鼻子
006	口（くち）	□ 口，嘴巴
007	歯（は）	□ 牙齒
008	手（て）	□ 手，手掌；胳膊
009	お腹（なか）	□ 肚子；腸胃
010	足（あし）	□ 腿；腳；（器物的）腿
011	体（からだ）	□ 身體；體格
012	背（せい）	□ 身高，身材
013	声（こえ）	□ （人或動物的）聲音，語音

參考答案 01 頭（あたま） 02 顔（かお） 03 耳（みみ） 04 目（め） 05 鼻（はな） 06 口（くち） 07 歯（は）

- □ 私(わたし)は　風邪(かぜ)で＿＿＿＿＿＿が　痛(いた)いです。
  我因為感冒所以頭很痛。
- □ ＿＿＿＿＿＿が　赤(あか)く　なりました。
  臉紅了。
- □ 木曜日(もくようび)から＿＿＿＿＿＿が　痛(いた)いです。
  禮拜四以來耳朵就很痛。
- □ あの　人(ひと)は＿＿＿＿＿＿が　きれいです。
  那個人的眼睛很漂亮。
- □ 赤(あか)ちゃんの　小(ちい)さい＿＿＿＿＿＿が　かわいいです。
  小嬰兒的小鼻子很可愛。
- □ ＿＿＿＿＿＿を　大(おお)きく　開(あ)けて。風邪(かぜ)ですね。
  張大嘴巴。你感冒了喲。
- □ よる＿＿＿＿＿＿を　磨(みが)いてから　寝(ね)ます。
  晚上刷牙齒後再睡覺。
- □ ＿＿＿＿＿＿を　きれいに　して　ください。
  請把手弄乾淨。
- □ もう　昼(ひる)です。＿＿＿＿＿＿が　空(す)きましたね。
  已經中午了。肚子餓扁了呢。
- □ 私(わたし)の　犬(いぬ)は＿＿＿＿＿＿が　白(しろ)い。
  我的狗狗腳是白色的。
- □ ＿＿＿＿＿＿を　きれいに　洗(あら)って　ください。
  請將身體洗乾淨。
- □ 母(はは)は＿＿＿＿＿＿が　高(たか)いですが、父(ちち)は　低(ひく)いです。
  媽媽個子很高，爸爸很矮。
- □ 大(おお)きな＿＿＿＿＿＿で　言(い)って　ください。
  請大聲説。

08 手(て)　09 お腹(なか)　10 足(あし)　11 体(からだ)
12 背(せい)　13 声(こえ)

2 家族（一）

001	お祖父（じい）さん	名 祖父；外公；（對一般老年男子的稱呼）爺爺	類 祖父（そふ）（祖父）
002	お祖母（ばあ）さん	名 祖母；外祖母；（對一般老年婦女的稱呼）老婆婆	類 祖母（そぼ）（祖母）
003	お父（とう）さん	名（“父”的敬稱）爸爸，父親；您父親，令尊	類 父（ちち）（家父） 對 お母（かあ）さん（令堂）
004	父（ちち）	名 家父，爸爸，父親	類 パパ（爸爸） 對 母（はは）（家母）
005	お母（かあ）さん	名（“母”的敬稱）媽媽，母親；您母親，令堂	類 母（はは）（家母） 對 お父（とう）さん（令尊）
006	母（はは）	名 家母，媽媽，母親	類 ママ（媽媽） 對 父（ちち）（家父）
007	お兄（にい）さん	名 哥哥（“兄”的鄭重說法）	類 兄（あに）（家兄） 對 お姉（ねえ）さん（姊姊）
008	兄（あに）	名 哥哥，家兄；姐夫	類 お兄（にい）さん（哥哥） 對 姉（あね）（家姊）
009	お姉（ねえ）さん	名 姊姊（“姉”的鄭重說法）	類 姉（あね）（家姊） 對 お兄（にい）さん（哥哥）
010	姉（あね）	名 姊姊，家姊；嫂子	類 お姉（ねえ）さん（令姊） 對 兄（あに）（家兄）
011	弟（おとうと）	名 弟弟（鄭重說法是“弟さん”）	類 弟（おとうと）さん（令弟） 對 妹（いもうと）（妹妹）
012	妹（いもうと）	名 妹妹（鄭重說法是“妹さん”）	類 妹（いもうと）さん（令妹） 對 弟（おとうと）（弟弟）
013	伯父（おじ）（さん）／叔父（おじ）（さん）	名（敬稱）伯伯，叔叔，舅舅，姨丈，姑丈	類 おじ（叔叔）
014	伯母（おば）（さん）／叔母（おば）（さん）	名（敬稱）姨媽，嬸嬸，姑媽，伯母，舅媽	類 おば（姨媽）

14 伯母さん／叔母さん
13 伯父さん／叔父さん
1 お祖父さん
7 お兄さん
9 お姉さん
5 お母さん
3 お父さん
2 お祖母さん
12 妹
11 弟
4 父
8 兄
6 母
10 姉
Z
Z

001 お祖父（じい）さん　☐ 祖父；外公；（對一般老年男子的稱呼）爺爺

002 お祖母（ばあ）さん　☐ 祖母；外祖母；（對一般老年婦女的稱呼）老婆婆

003 お父（とう）さん　☐ （“父”的敬稱）爸爸，父親；您父親，令尊

004 父（ちち）　☐ 家父，爸爸，父親

005 お母（かあ）さん　☐ （“母”的敬稱）媽媽，母親；您母親，令堂

006 母（はは）　☐ 家母，媽媽，母親

007 お兄（にい）さん　☐ 哥哥（“兄”的鄭重說法）

008 兄（あに）　☐ 哥哥，家兄；姐夫

009 お姉（ねえ）さん　☐ 姊姊（“姉”的鄭重說法）

010 姉（あね）　☐ 姊姊，家姊；嫂子

011 弟（おとうと）　☐ 弟弟（鄭重說法是“弟さん”）

012 妹（いもうと）　☐ 妹妹（鄭重說法是“妹さん”）

013 伯父（おじ）（さん）／叔父（おじ）（さん）　☐ 伯伯，叔叔，舅舅，姨丈，姑丈

014 伯母（おば）（さん）／叔母（おば）（さん）　☐ 姨媽，嬸嬸，姑媽，伯母，舅媽

參考答案　01 お祖父（じい）さん　02 お祖母（ばあ）さん　03 お父（とう）さん　04 父（ちち）
05 お母（かあ）さん　06 母（はは）　07 お兄（にい）さん

- □ 鈴木さんの＿＿＿＿＿＿＿は　どの　人ですか。
  鈴木先生的爺爺是哪一位呢？
- □ 私の＿＿＿＿＿＿＿は　10月に　生まれました。
  我奶奶是 10 月生的。
- □ ＿＿＿＿＿＿＿は　庭に　いましたか。
  令尊在庭院嗎？
- □ 8日から　10日まで＿＿＿＿＿＿＿と　旅行しました。
  8 號到 10 號我和爸爸一起去旅行了。
- □ あれは＿＿＿＿＿＿＿が　洗濯した　服です。
  那是母親洗好的衣服。
- □ 田舎の＿＿＿＿＿＿＿から　電話が　来た。
  鄉下的媽媽打了電話來。
- □ どちらが＿＿＿＿＿＿＿の　本ですか。
  哪一本書是哥哥的？
- □ ＿＿＿＿＿＿＿は　料理を　して　います。
  哥哥正在做料理。
- □ 山田さんは＿＿＿＿＿＿＿と　いっしょに　買い物に　行きました。
  山田先生和姊姊一起去買東西了。
- □ 私の＿＿＿＿＿＿＿は　今年から　銀行に　勤めて　います。
  我姊姊今年開始在銀行服務。
- □ 私は　姉が　二人と＿＿＿＿＿＿＿が　二人　います。
  我有兩個姊姊跟兩個弟弟。
- □ 公園で＿＿＿＿＿＿＿と　遊びます。
  我和妹妹在公園玩。
- □ ＿＿＿＿＿＿＿は　65歳です。
  伯伯 65 歲了。
- □ ＿＿＿＿＿＿＿は　弁護士です。
  我姑媽是律師。

08 兄　09 お姉さん　10 姉　11 弟
12 妹　13 伯父　14 伯母

3 家族（二）

001	両親（りょうしん）	名 父母，雙親	類 親（おや）（雙親）
002	兄弟（きょうだい）	名 兄弟；兄弟姊妹；親如兄弟的人	類 兄弟（けいてい）（兄弟姊妹） 對 姉妹（しまい）（姊妹）
003	家族（かぞく）	名 家人，家庭，親屬	類 身内（みうち）（家族，親戚）
004	ご主人（しゅじん）	名（稱呼對方的）您的先生，您的丈夫	類 主（あるじ）（一家之主） 對 奥（おく）さん（您的太太）
005	奥（おく）さん	名 太太，尊夫人	類 妻（つま）（太太） 對 ご主人（しゅじん）（您的丈夫）
006	自分（じぶん）	名 自己，本人，自身	類 自身（じしん）（自己） 對 相手（あいて）（對方）
007	一人（ひとり）	名 一人；一個人；單獨一個人	類 1人（いちにん）（一人）
008	二人（ふたり）	名 兩個人，兩人	類 2人（ににん）（兩個人）
009	皆（みな）さん	名 大家，各位	類 皆様（みなさま）（諸位）
010	一緒（いっしょ）	名・自サ 一同，一起；（時間）一齊	類 共（とも）に（一起）
011	大勢（おおぜい）	名 很多（人），眾多（人）；（人數）很多	類 多人数（たにんずう）（人數多） 對 小勢（こぜい）（人數少）

哪裡不一樣呢？

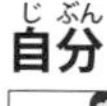

指自己的身體，也指想法；稱自己。

說話人自稱自己。

參考答案 01 両親（りょうしん） 02 兄弟（きょうだい） 03 家族（かぞく） 04 ご主人（しゅじん） 05 奥（おく）さん 06 自分（じぶん） 07 一人（ひとり）

□ ご＿＿＿＿＿＿は　お元気ですか。
您父母近來可好？

□ 私は　女の＿＿＿＿＿＿が　4人　います。
我有 4 個姊妹。

□ 日曜日、＿＿＿＿＿＿と　京都に　行きます。
星期日我要跟家人去京都。

□ ＿＿＿＿＿＿の　お仕事は　何でしょうか。
請問您先生的工作是什麼呢？

□ ＿＿＿＿＿＿、今日は　野菜が　安いよ。
太太，今天蔬菜很便宜喔。

□ 料理は＿＿＿＿＿＿で　作りますか。
你自己下廚嗎？

□ 私は　去年から＿＿＿＿＿＿で　東京に　住んで　います。
我從去年就一個人住在東京。

□ ＿＿＿＿＿＿は、ここの　焼肉が　好きですか。
你們兩人喜歡這裡的燒肉嗎？

□ え～、＿＿＿＿＿＿よく　聞いて　ください。
咳！大家聽好了。

□ 明日＿＿＿＿＿＿に　映画を　見ませんか。
明天要不要一起看場電影啊？

□ 部屋には　人が＿＿＿＿＿＿いて　暑いです。
房間裡有好多人，很熱。

一緒

指相互採取一樣的動作。

同じ

指事物相互比較下，幾乎一樣。

08 二人　09 皆さん　10 一緒　11 大勢

4 人物的稱呼

001	貴方（あなた）	代（對長輩或平輩尊稱）你，您；（妻子叫先生）老公	類 君（きみ）（妳／你） 對 私（わたし）（我）
002	私（わたし）	名 我（謙遜的說法“わたくし”）	類 わたくし（我） 對 あなた（你／妳）
003	男（おとこ）	名 男性，男子，男人	類 男性（だんせい）（男性） 對 女（おんな）（女人）
004	女（おんな）	名 女人，女性，婦女	類 女性（じょせい）（女性） 對 男（おとこ）（男人）
005	男の子（おとこのこ）	名 男孩子；年輕小伙子	類 男児（だんじ）（男孩） 對 女の子（おんなのこ）（女孩）
006	女の子（おんなのこ）	名 女孩子；少女	類 女児（じょじ）（女孩） 對 男の子（おとこのこ）（男孩）
007	大人（おとな）	名 大人，成人	類 成人（せいじん）（成年人） 對 子ども（こども）（小孩子）
008	子ども（こども）	名 自己的兒女；小孩，孩子，兒童	類 児童（じどう）（兒童） 對 大人（おとな）（大人）
009	外国人（がいこくじん）	名 外國人	類 外人（がいじん）（外國人） 對 邦人（ほうじん）（本國人）
010	友達（ともだち）	名 朋友，友人	類 友人（ゆうじん）（朋友）
011	人（ひと）	名 人，人類	類 人間（にんげん）（人類）
012	方（かた）	接尾 位，人（“人”的敬稱）	
013	方（がた）	接尾（前接人稱代名詞，表示對複數的敬稱）們，各位	
014	さん	接尾（接在人名，職稱後表敬意或親切）…先生，…小姐	類 様（さま）（…先生，小姐）

參考答案 01 あなた 02 私（わたし） 03 男（おとこ） 04 女（おんな） 05 男の子（おとこのこ） 06 女の子（おんなのこ） 07 大人（おとな）

- ☐ ＿＿＿＿＿＿＿の　お住(す)まいは　どちらですか。
  您府上哪裡呢？
- ☐ ＿＿＿＿＿＿＿の　ケーキを　食(た)べないで　ください。
  請不要吃我的蛋糕。
- ☐ 私(わたし)は＿＿＿＿＿＿＿の　兄弟(きょうだい)が　3人(さんにん)　います。
  我有3個（男的）兄弟。
- ☐ ＿＿＿＿＿＿＿の　人(ひと)は　何(なん)と　言(い)いましたか。
  女人說了些什麼？
- ☐ あそこに＿＿＿＿＿＿＿が　います。
  那邊有個小男生。
- ☐ その＿＿＿＿＿＿＿は　昨日(きのう)　ここに　来(き)ました。
  那個小女生昨天有來這裡。
- ☐ 運賃(うんちん)は＿＿＿＿＿＿＿500円(ごひゃくえん)、子(こ)ども　300円(さんびゃくえん)です。
  票價大人是500圓，小孩是300圓。
- ☐ ＿＿＿＿＿＿＿に　外国(がいこく)の　お金(かね)を　見(み)せました。
  給小孩子看了外國的錢幣。
- ☐ 日本語(にほんご)を　勉強(べんきょう)する＿＿＿＿＿＿＿が　多(おお)く　なった。
  學日語的外國人變多了。
- ☐ ＿＿＿＿＿＿＿と　電話(でんわ)で　話(はな)しました。
  我和朋友通了電話。
- ☐ どの＿＿＿＿＿＿＿が　田中(たなか)さんですか。
  田中先生是哪一個人呢？
- ☐ 山田(やまだ)さんは　とても　いい＿＿＿＿＿＿＿ですね。
  山田先生是非常好的一個人。
- ☐ 先生(せんせい)＿＿＿＿＿＿＿。
  各位老師。
- ☐ 林(りん)＿＿＿＿＿＿＿は　面白(おもしろ)くて　いい　人(ひと)です。
  林先生人又風趣，個性又好。

08 子(こ)ども　09 外国人(がいこくじん)　10 友達(ともだち)　11 人(ひと)
12 方(かた)　13 方(がた)　14 さん

5 清新的大自然

001	そら 空	名 天空，空中；天氣	類 あおぞら 青空（青空）
002	やま 山	名 山；一大堆，成堆如山	類 さんがく 山岳（山脈）
003	かわ かわ 川／河	名 河川，河流	類 かせん 河川（河川）
004	うみ 海	名 海，海洋	類 かいよう 海洋（海洋） 對 りく 陸（陸地）
005	いわ 岩	名 岩石	類 がんせき 岩石（岩石）
006	き 木	名 樹，樹木；木材	類 じゅもく 樹木（樹木）
007	とり 鳥	名 鳥，禽類的總稱；雞	類 ことり 小鳥（小鳥）
008	いぬ 犬	名 狗	類 ドッグ（dog／狗）
009	ねこ 猫	名 貓	類 キャット（cat／貓）
010	はな 花	名 花	類 フラワー（flower／花）
011	さかな 魚	名 魚	類 うお 魚（魚）
012	どうぶつ 動物	名（生物兩大類之一的）動物；（人類以外的）動物	類 けだもの 獣（野獸） 對 しょくぶつ 植物（植物）

1 そら 空
2 やま 山
3 かわ 川／かわ 河
12 どうぶつ 動物
7 とり 鳥
4 うみ 海
11 さかな 魚
6 き 木
8 いぬ 犬
9 ねこ 猫
10 はな 花
5 いわ 岩

001	空（そら）	□ 天空，空中；天氣
002	山（やま）	□ 山；一大堆，成堆如山
003	川（かわ）／河（かわ）	□ 河川，河流
004	海（うみ）	□ 海，海洋
005	岩（いわ）	□ 岩石
006	木（き）	□ 樹，樹木；木材
007	鳥（とり）	□ 鳥，禽類的總稱；雞
008	犬（いぬ）	□ 狗
009	猫（ねこ）	□ 貓
010	花（はな）	□ 花
011	魚（さかな）	□ 魚
012	動物（どうぶつ）	□ 生物兩大類之一的動物；（人類以外的）動物

我想學的單字

參考答案 01 空（そら） 05 岩（いわ）

02 山（やま） 06 木（き）

03 川（かわ） 07 鳥（とり）

04 海（うみ）

□ ＿＿＿＿＿＿は　雲（くも）が　一（ひと）つも　ありませんでした。
天空沒有半朵雲。

□ この＿＿＿＿＿＿には　百本（ひゃっぽん）の　桜（さくら）が　あります。
這座山有 100 棵櫻樹。

□ この＿＿＿＿＿＿には　魚（さかな）が　多（おお）いです。
這條河有很多魚。

□ ＿＿＿＿＿＿へ　泳（およ）ぎに　行（い）きます。
去大海游泳。

□ お寺（てら）の　近（ちか）くに　大（おお）きな＿＿＿＿＿＿が　あります。
寺廟的附近有塊大岩石。

□ ＿＿＿＿＿＿の　下（した）に　犬（いぬ）が　います。
樹下有隻狗。

□ 私（わたし）の　家（いえ）には＿＿＿＿＿＿が　います。
我家有養鳥。

□ 猫（ねこ）は　外（そと）で　遊（あそ）びますが、＿＿＿＿＿＿は　遊（あそ）びません。
貓咪會在外頭玩，可是狗不會。

□ ＿＿＿＿＿＿は　黒（くろ）く　ないですが、犬（いぬ）は　黒（くろ）いです。
貓不是黑色的，但狗是黑色的。

□ ここで＿＿＿＿＿＿を　買（か）います。
在這裡買花。

□ ＿＿＿＿＿＿が　川（かわ）を　泳（およ）いで　います。
魚兒在河中游著。

□ 犬（いぬ）は＿＿＿＿＿＿です。
狗是動物。

08 犬（いぬ）　09 猫（ねこ）　10 花（はな）　11 魚（さかな）
12 動物（どうぶつ）

6 季節氣象

001	春	はる	名 春天，春季	類 春季（しゅんき）（春天）
002	夏	なつ	名 夏天，夏季	類 夏季（かき）（夏天）
003	秋	あき	名 秋天，秋季	類 秋季（しゅうき）（秋天）
004	冬	ふゆ	名 冬天，冬季	類 冬季（とうき）（冬天）
005	風	かぜ	名 風	類 ウインド（wind／風）
006	雨	あめ	名 雨	類 雨天（うてん）（雨天）
007	雪	ゆき	名 雪	類 白雪（しらゆき）（白雪）
008	天気	てんき	名 天氣；晴天，好天氣	類 天候（てんこう）（天氣）
009	暑い	あつい	形 （天氣）熱，炎熱	類 暑苦しい（あつくるしい）（悶熱的） 對 寒い（さむい）（寒冷的）
010	寒い	さむい	形 （天氣）寒冷	類 肌寒い（はださむい）（寒冷的） 對 暑い（あつい）（炎熱的）
011	涼しい	すずしい	形 涼爽，涼爽	類 冷ややか（ひややか）（冰冷的） 對 暖かい（あたたかい）（溫暖的）
012	曇る	くもる	自五 變陰；模糊不清（名詞形為「曇り」，陰天）	類 陰る（かげる）（變陰） 對 晴れる（はれる）（天晴）
013	晴れる	はれる	自下一 （天氣）晴，（雨，雪）停止，放晴	類 晴れ渡る（はれわたる）（天氣轉晴） 對 曇る（くもる）（變陰）

1 春（はる）
2 夏（なつ）
海の家
20℃
5 風（かぜ）
35℃
9 暑い（あつい）
11 涼しい（すずしい）
3 秋（あき）
4 冬（ふゆ）
7 雪（ゆき）
0℃
6 雨（あめ）
10 寒い（さむい）
8 天気（てんき）
V.S.
13 晴れる（はれる）
12 曇る（くもる）
大家要注意保暖唷！

001	春（はる）	□ 春天，春季
002	夏（なつ）	□ 夏天，夏季
003	秋（あき）	□ 秋天，秋季
004	冬（ふゆ）	□ 冬天，冬季
005	風（かぜ）	□ 風
006	雨（あめ）	□ 雨
007	雪（ゆき）	□ 雪
008	天気（てんき）	□ 天氣；晴天，好天氣
009	暑い（あつい）	□（天氣）熱，炎熱
010	寒い（さむい）	□（天氣）寒冷
011	涼しい（すずしい）	□ 涼爽，涼爽
012	曇る（くもる）	□ 變陰；模糊不清（名詞形為「曇り」，陰天）
013	晴れる（はれる）	□（天氣）晴，（雨，雪）停止，放晴

參考答案 01 春（はる） 02 夏（なつ） 03 秋（あき） 04 冬（ふゆ） 05 風（かぜ） 06 雨（あめ） 07 雪（ゆき）

- □ ______には　大勢(おおぜい)の　人(ひと)が　花見(はなみ)に　来(き)ます。
  春天有很多人來賞花。
- □ 来年(らいねん)の______は　外国(がいこく)へ　行(い)きたいです。
  我明年夏天想到國外去。
- □ ______は　涼(すず)しくて　食(た)べ物(もの)も　おいしいです。
  秋天十分涼爽，食物也很好吃。
- □ 私(わたし)は　夏(なつ)も______も　好(す)きです。
  夏天和冬天我都很喜歡。
- □ 今日(きょう)は　強(つよ)い______が　吹(ふ)いて　います。
  今天颳著強風。
- □ 昨日(きのう)は______が　降(ふ)ったり　風(かぜ)が　吹(ふ)いたり　しました。
  昨天又下雨又颳風。
- □ あの　山(やま)には　１年中(いちねんじゅう)______が　あります。
  那座山整年都下著雪。
- □ 今日(きょう)は　いい______ですね。
  今天天氣真好呀！
- □ 私(わたし)の　国(くに)の　夏(なつ)は、とても______です。
  我國夏天是非常炎熱。
- □ 私(わたし)の　国(くに)の　冬(ふゆ)は、とても______です。
  我國冬天非常寒冷。
- □ 今日(きょう)は　とても______ですね。
  今天非常涼爽呢。
- □ 明後日(あさって)の　午前(ごぜん)は　晴(は)れますが、午後(ごご)から______に　なります。
  後天早上是晴天，從午後開始轉陰。
- □ あしたは______でしょう。
  明天應該會放晴吧。

08 天気(てんき)　09 暑(あつ)い　10 寒(さむ)い　11 涼(すず)しい
12 曇(くも)り　13 晴(は)れる

1 身邊的物品

001	鞄（かばん）	名 皮包，提包，公事包，書包	類 手提げ（てさげ）（提袋）
002	帽子（ぼうし）	名 帽子	類 キャップ（cap／棒球帽）
003	ネクタイ【necktie】	名 領帶	類 タイ（tie／領帶）
004	ハンカチ【handkerchief】	名 手帕	類 手拭い（てぬぐい）（擦手巾）
005	眼鏡（めがね）	名 眼鏡	類 サングラス（sunglasses／太陽眼鏡）
006	財布（さいふ）	名 錢包	類 札入れ（さついれ）（錢包）
007	煙草（たばこ）	名 香煙；煙草	
008	灰皿（はいざら）	名 煙灰缸	類 携帯灰皿（けいたいはいざら）（攜帶型煙灰缸）
009	マッチ【match】	名 火柴；火材盒	類 ライター（lighter／打火機）
010	スリッパ【slipper】	名 拖鞋	類 上履き（うわばき）（室內拖鞋） 對 下履き（したばき）（室外拖鞋）
011	靴（くつ）	名 鞋子	類 シューズ（shoes／鞋子） 對 下駄（げた）（木屐）
012	箱（はこ）	名 盒子，箱子，匣子	類 ボックス（box／盒子）
013	靴下（くつした）	名 襪子	類 ストッキング（絲襪）

② 帽子（ぼうし）
哇喔這帽子真不錯！
③ ネクタイ
① 鞄（かばん）
⑥ 財布（さいふ）
④ ハンカチ
⑤ 眼鏡（めがね）
⑦ 煙草（たばこ）
⑧ 灰皿（はいざら）
⑨ マッチ
⑩ スリッパ
⑪ 靴（くつ）
⑫ 箱（はこ）
⑬ 靴下（くつした）

001	鞄（かばん）	□ 皮包，提包，公事包，書包
002	帽子（ぼうし）	□ 帽子
003	ネクタイ【necktie】	□ 領帶
004	ハンカチ【handkerchief】	□ 手帕
005	眼鏡（めがね）	□ 眼鏡
006	財布（さいふ）	□ 錢包
007	煙草（たばこ）	□ 香煙；煙草
008	灰皿（はいざら）	□ 煙灰缸
009	マッチ【match】	□ 火柴；火材盒
010	スリッパ【slipper】	□ 拖鞋
011	靴（くつ）	□ 鞋子
012	箱（はこ）	□ 盒子，箱子，匣子
013	靴下（くつした）	□ 襪子

參考答案 01 鞄（かばん） 02 帽子（ぼうし） 03 ネクタイ 04 ハンカチ 05 眼鏡（めがね） 06 財布（さいふ） 07 たばこ

☐ 私(わたし)は　新(あたら)しい＿＿＿＿＿＿が　ほしいです。
我想要新的包包。

☐ 山(やま)へは＿＿＿＿＿＿を　かぶって　行(い)きましょう。
就戴帽子去爬山吧！

☐ 父(ちち)の　誕生日(たんじょうび)に＿＿＿＿＿＿を　あげました。
爸爸生日那天我送他領帶。

☐ その　店(みせ)で＿＿＿＿＿＿を　買(か)いました。
我在那家店買了手帕。

☐ ＿＿＿＿＿＿を　かけて　本(ほん)を　読(よ)みます。
戴眼鏡看書。

☐ ＿＿＿＿＿＿は　どこにも　ありませんでした。
到處都找不到錢包。

☐ 1日(いちにち)に　6本(ろっぽん)＿＿＿＿＿＿を　吸(す)います。
一天抽６根煙。

☐ すみません、＿＿＿＿＿＿を　ください。
抱歉，請給我煙灰缸。

☐ ＿＿＿＿＿＿で　タバコに　火(ひ)を　つけた。
用火柴點煙。

☐ 畳(たたみ)の　部屋(へや)に　入(はい)るときは＿＿＿＿＿＿を　脱(ぬ)ぎます。
進入榻榻米房間時，要將拖鞋脱掉。

☐ ＿＿＿＿＿＿を　履(は)いて　外(そと)に　出(で)ます。
穿上鞋子出門去。

☐ ＿＿＿＿＿＿の　中(なか)に　お菓子(かし)が　あります。
盒子裡有點心。

☐ 寒(さむ)いから、厚(あつ)い＿＿＿＿＿＿を　穿(は)きなさい。
天氣很冷，所以請穿上厚襪子。

08 灰皿(はいざら)　09 マッチ　10 スリッパ　11 靴(くつ)
12 箱(はこ)　13 靴下(くつした)

2 衣服

001	背広（せびろ）	名（男子穿的）西裝	類 スーツ（suit／套裝）
002	ワイシャツ【white shirt】	名 襯衫，白襯衫	類 シャツ（shirt／襯衫）
003	ポケット【pocket】	名（西裝的）口袋，衣袋	類 物入れ（ものいれ）（袋子）
004	服（ふく）	名 衣服	類 洋服（ようふく）（西式服裝） 對 和服（わふく）（和服）
005	上着（うわぎ）	名 上衣，外衣	類 ジャケット（夾克） 對 下着（したぎ）（內衣）
006	シャツ【shirt】	名 襯衫	類 ワイシャツ（white shirt／白襯衫）
007	コート【coat】	名 外套，大衣；（西裝的）上衣	類 外套（がいとう）（外套）
008	洋服（ようふく）	名 西服，西裝	類 洋装（ようそう）（西式服裝） 對 和服（わふく）（和服）
009	ズボン【(法)jupon】	名 西裝褲；褲子	類 パンツ（pants／褲子）
010	ボタン【(葡)botão/button】	名 釦子，鈕釦；按鍵	類 スナップ（snap／鉤釦）
011	セーター【sweater】	名 毛衣	類 カーディガン（cardigan／毛線外套）
012	スカート【skirt】	名 裙子	類 袴（はかま）（和服長褲裙）
013	物（もの）	名（有形、無形的）物品，東西	類 品（しな）（東西）

5 上着（うわぎ）
2 ワイシャツ
7 コート
1 背広（せびろ）
3 ポケット
6 シャツ
好想快快長大唷～
4 服（ふく）
10 ボタン
13 物（もの）
11 セーター
9 ズボン
8 洋服（ようふく）
12 スカート

001	背広（せびろ）	□（男子穿的）西裝
002	ワイシャツ【white shirt】	□ 襯衫，白襯衫
003	ポケット【pocket】	□（西裝的）口袋，衣袋
004	服（ふく）	□ 衣服
005	上着（うわぎ）	□ 上衣，外衣
006	シャツ【shirt】	□ 襯衫
007	コート【coat】	□ 外套，大衣；（西裝的）上衣
008	洋服（ようふく）	□ 西服，西裝
009	ズボン【(法) jupon】	□ 西裝褲；褲子
010	ボタン【(葡) botão/button】	□ 釦子，鈕釦；按鍵
011	セーター【sweater】	□ 毛衣
012	スカート【skirt】	□ 裙子
013	物（もの）	□（有形、無形的）物品，東西

參考答案 01 背広（せびろ） 02 ワイシャツ 03 ポケット 04 服（ふく） 05 上着（うわぎ） 06 シャツ 07 コート

□ ＿＿＿＿＿＿を　着(き)て　会社(かいしゃ)へ　行(い)きます。
穿西裝上班去。

□ この＿＿＿＿＿＿は　誕生日(たんじょうび)に　もらいました。
這件襯衫是生日時收到的。

□ 財布(さいふ)を＿＿＿＿＿＿に　入(い)れました。
我把錢包放進了口袋裡。

□ 花(はな)ちゃん、その＿＿＿＿＿＿かわいいですね。
小花，妳那件衣服好可愛喔！

□ 春(はる)だ。もう＿＿＿＿＿＿は　いらないね。
春天囉。已經不需要外套了。

□ あの　白(しろ)い＿＿＿＿＿＿を　着(き)て　いる　人(ひと)は　山田(やまだ)さんです。
那個穿白襯衫的人是山田先生。

□ すみません、＿＿＿＿＿＿を　取(と)って　ください。
不好意思，請幫我拿大衣。

□ 新(あたら)しい＿＿＿＿＿＿が　ほしいです。
我想要新的西服。

□ この＿＿＿＿＿＿は　あまり　丈夫(じょうぶ)では　ありませんでした。
這條褲子不是很耐穿。

□ 白(しろ)い＿＿＿＿＿＿を　押(お)して　から、青(あお)い＿＿＿＿＿＿を　押(お)します。
按下白色按鈕後，再按藍色按鈕。

□ 山田(やまだ)さんは　赤(あか)い＿＿＿＿＿＿を　着(き)て　います。
山田先生穿著紅色毛衣。

□ ズボンを　脱(ぬ)いで＿＿＿＿＿＿を　穿(は)きました。
脫下了長褲，換上了裙子。

□ あの　店(みせ)には　どんな＿＿＿＿＿＿が　あるか　教(おし)えて　ください。
請告訴我那間店有什麼東西？

08 洋服(ようふく)　09 ズボン　10 ボタン　11 セーター
12 スカート　13 物(もの)

3 食物（一）

001	ご飯（はん）	名 米飯；飯食，餐	類 めし（飯、餐）
002	朝御飯（あさごはん）	名 早餐	類 あさめし（早飯）
003	昼ご飯（ひるはん）	名 午餐	類 ひるめし（午飯）
004	晩ご飯（ばんはん）	名 晚餐	類 ばんめし（晚飯）
005	夕飯（ゆうはん）	名 晚飯	類 夕食（ゆうしょく）（晚餐） 對 朝飯（あさはん）（早餐）
006	食べ物（たもの）	名 食物，吃的東西	類 食物（しょくもつ）（食物） 對 飲み物（のもの）（飲料）
007	飲み物（のもの）	名 飲料	類 飲料（いんりょう）（飲料） 對 食べ物（たもの）（食物）
008	お弁当（べんとう）	名 便當	類 駅弁（えきべん）（車站便當）
009	お菓子（かし）	名 點心，糕點	類 点心（てんしん）（點心）
010	料理（りょうり）	名 菜餚，飯菜；做菜，烹調	類 ご馳走（ちそう）（大餐）
011	食堂（しょくどう）	名 食堂，餐廳，飯館	類 飲食店（いんしょくてん）（餐廳）
012	買い物（かもの）	名 購物，買東西；要買的東西	類 ショッピング（shopping／購物）
013	パーティー【party】	名（社交性的）集會，晚會，宴會，舞會	

參考答案 01 ご飯（はん） 02 朝ご飯（あさはん） 03 昼ご飯（ひるはん） 04 晩ご飯（ばんはん） 05 夕飯（ゆうはん） 06 食べ物（たもの） 07 飲み物（のもの）

□ ＿＿＿＿＿＿を　食(た)べました。
我吃過飯了。

□ ＿＿＿＿＿＿を　食(た)べましたか。
吃過早餐了嗎？

□ ＿＿＿＿＿＿は　どこで　食(た)べますか。
中餐要到哪吃？

□ 毎日(まいにち)＿＿＿＿＿＿の　後(あと)で　2時間半(にじかんはん)　ぐらい　テレビを　見(み)ます。
每天吃完晚餐，會看兩個半小時左右的電視。

□ いつもは　9時(くじ)ごろ＿＿＿＿＿＿を　食(た)べます。
經常在9點左右吃晚餐。

□ 好(す)きな＿＿＿＿＿＿は　何(なん)ですか。
你喜歡吃什麼食物呢？

□ 私(わたし)の　好(す)きな＿＿＿＿＿＿は　紅茶(こうちゃ)です。
我喜歡的飲料是紅茶。

□ コンビニに　いろんな＿＿＿＿＿＿が　売(う)って　います。
便利超商裡賣著各式各樣的便當。

□ ＿＿＿＿＿＿は　あまり　好(す)きでは　ありません。
我不太喜歡點心。

□ この＿＿＿＿＿＿は　肉(にく)と　野菜(やさい)で　作(つく)ります。
這道料理是用肉和蔬菜烹調的。

□ 日曜日(にちようび)は＿＿＿＿＿＿が　休(やす)みです。
星期日餐廳不營業。

□ デパートで＿＿＿＿＿＿を　しました。
在百貨公司買東西了。

□ ＿＿＿＿＿＿で　なにか　食(た)べましたか。
你在派對裡吃了什麼？

08 お弁当(べんとう)　09 お菓子(かし)　10 料理(りょうり)　11 食堂(しょくどう)
12 買(か)い物(もの)　13 パーティー

4 食物（二）

001	コーヒー【（荷）koffie】	名 咖啡	類 飲（の）み物（もの）（飲料）
002	牛乳（ぎゅうにゅう）	名 牛奶	類 ミルク（milk／牛奶）
003	お酒（さけ）	名 酒（“酒”的鄭重說法）；清酒	類 清酒（せいしゅ）（清酒）
004	肉（にく）	名 肉	類 身（み）（肉體）
005	鳥肉（とりにく）	名 雞肉；鳥肉	類 チキン（chicken／雞）
006	水（みず）	名 水	類 ウオーター（water／水）
007	牛肉（ぎゅうにく）	名 牛肉	類 ビーフ（beef／牛肉）
008	豚肉（ぶたにく）	名 豬肉	類 ポーク（pork／豬肉）
009	お茶（ちゃ）	名 茶，茶葉；茶道	類 ティー（tea／茶）
010	パン【(葡) pão】	名 麵包	類 ブレッド（bread／麵包）
011	野菜（やさい）	名 蔬菜，青菜	類 蔬菜（そさい）（蔬菜）
012	卵（たまご）	名 蛋，卵；鴨蛋，雞蛋	類 卵（らん）（卵子）
013	果物（くだもの）	名 水果，鮮果	類 フルーツ（fruit／水果）

1 コーヒー
2 牛乳（ぎゅうにゅう）
FRESH MILK
FRESH MILK
FRESH MILK
3 お酒（さけ）
4 肉（にく）
5 鳥肉（とりにく）
6 水（みず）
Water
7 牛肉（ぎゅうにく）
8 豚肉（ぶたにく）
9 お茶（ちゃ）
10 パン
11 野菜（やさい）
12 卵（たまご）
13 果物（くだもの）
恩哪恩哪吃不下了啦～

001	コーヒー【(荷) koffie】	□ 咖啡
002	牛乳(ぎゅうにゅう)	□ 牛奶
003	お酒(さけ)	□ 酒（“酒”的鄭重說法）；清酒
004	肉(にく)	□ 肉
005	鳥肉(とりにく)	□ 雞肉；鳥肉
006	水(みず)	□ 水
007	牛肉(ぎゅうにく)	□ 牛肉
008	豚肉(ぶたにく)	□ 豬肉
009	お茶(ちゃ)	□ 茶，茶葉；茶道
010	パン【(葡) pão】	□ 麵包
011	野菜(やさい)	□ 蔬菜，青菜
012	卵(たまご)	□ 蛋，卵；鴨蛋，雞蛋
013	果物(くだもの)	□ 水果，鮮果

參考答案 01 コーヒー 02 牛乳(ぎゅうにゅう) 03 お酒(さけ) 04 肉(にく)
05 鳥肉(とりにく) 06 水(みず) 07 牛肉(ぎゅうにく)

□ ジュースは　もう　ありませんが、＿＿＿＿＿＿は　まだ　あります。
已經沒有果汁了，但還有咖啡。

□ お風呂(ふろ)に　入(はい)ってから、＿＿＿＿＿＿を　飲(の)みます。
洗完澡後喝牛奶。

□ みんなが　たくさん　飲(の)みましたから、もう＿＿＿＿＿＿は　ありません。
因為大家喝了很多，所以已經沒有酒了。

□ 私(わたし)は＿＿＿＿＿＿も　魚(さかな)も　食(た)べません。
我既不吃肉也不吃魚。

□ 今晩(こんばん)は＿＿＿＿＿＿ご飯(はん)を　食(た)べましょう。
今晚吃雞肉飯吧！

□ ＿＿＿＿＿＿を　たくさん　飲(の)みましょう。
要多喝水喔！

□ それは　どこの　国(くに)の＿＿＿＿＿＿ですか。
這是哪個國家產的牛肉？

□ この　料理(りょうり)は＿＿＿＿＿＿と　野菜(やさい)で　作(つく)りました。
這道菜是用豬肉和蔬菜做的。

□ 喫茶店(きっさてん)で＿＿＿＿＿＿を　飲(の)みます。
在咖啡廳喝茶。

□ 私(わたし)は、＿＿＿＿＿＿に　します。
我要點麵包。

□ 子(こ)どもの　とき＿＿＿＿＿＿が　好(す)きでは　ありませんでした。
小時候不太喜歡青菜。

□ この＿＿＿＿＿＿は　6個(ろっこ)で　300円(さんびゃくえん)です。
這個雞蛋 6 個賣 300 圓。

□ 毎日(まいにち)＿＿＿＿＿＿を　食(た)べて　います。
每天都有吃水果。

08 豚肉(ぶたにく)　09 お茶(ちゃ)　10 パン　11 野菜(やさい)
12 卵(たまご)　13 果物(くだもの)

5 器皿跟調味料

001	バター【butter】	名 奶油	
002	醤油（しょうゆ）	名 醬油	類 ソース（調味醬）
003	塩（しお）	名 鹽，食鹽；鹹度	類 食塩（しょくえん）（食鹽）
004	砂糖（さとう）	名 砂糖	類 シュガー（sugar／糖）
005	スプーン【spoon】	名 湯匙	類 匙（さじ）（飯杓）
006	フォーク【fork】	名 叉子，餐叉	
007	ナイフ【knife】	名 刀子，小刀，餐刀	類 包丁（ほうちょう）（菜刀）
008	お皿（さら）	名 盤子（“皿”的鄭重說法）	類 盤（ばん）（盤子）
009	茶碗（ちゃわん）	名 茶杯，飯碗	類 碗（わん）（碗）
010	グラス【glass】	名 玻璃杯	類 さかずき（酒杯）
011	箸（はし）	名 筷子，箸	
012	コップ【（荷）kop】	名 杯子，玻璃杯，茶杯	類 湯飲（ゆの）み（茶杯）
013	カップ【cup】	名 杯子；（有把）茶杯	類 コップ（（荷）kop／玻璃杯）

喵～
是糖耶～
1 バター
2 醤油（しょうゆ）
3 塩（しお）
4 砂糖（さとう）
5 スプーン
6 フォーク
7 ナイフ
8 お皿（さら）
9 茶碗（ちゃわん）
10 グラス
11 箸（はし）
12 コップ
13 カップ
BUTT
しょうゆ
SALT
Suger

001	バター【butter】	□ 奶油
002	醤油（しょうゆ）	□ 醬油
003	塩（しお）	□ 鹽，食鹽；鹹度
004	砂糖（さとう）	□ 砂糖
005	スプーン【spoon】	□ 湯匙
006	フォーク【fork】	□ 叉子，餐叉
007	ナイフ【knife】	□ 刀子，小刀，餐刀
008	お皿（さら）	□ 盤子（“皿”的鄭重說法）
009	茶碗（ちゃわん）	□ 茶杯，飯碗
010	グラス【glass】	□ 玻璃杯
011	箸（はし）	□ 筷子，箸
012	コップ【（荷）kop】	□ 杯子，玻璃杯，茶杯
013	カップ【cup】	□ 杯子；（有把）茶杯

參考答案 01 バター　02 醤油（しょうゆ）　03 塩（しお）　04 砂糖（さとう）　05 スプーン　06 フォーク　07 ナイフ

□ パンに＿＿＿＿＿＿を　厚(あつ)く　塗(ぬ)って　食(た)べます。
在麵包上塗厚厚的奶油後再吃。

□ 味(あじ)が　薄(うす)いですね、少(すこ)し＿＿＿＿＿＿を　かけましょう。
味道有點淡，加一些醬油吧！

□ 海(うみ)の　水(みず)で＿＿＿＿＿＿を　作(つく)りました。
利用海水做了鹽巴。

□ この　ケーキには＿＿＿＿＿＿が　たくさん　入(はい)って　います。
這蛋糕加了很多砂糖。

□ ＿＿＿＿＿＿で　スープを　飲(の)みます。
用湯匙喝湯。

□ ナイフと＿＿＿＿＿＿で　ステーキを　食(た)べます。
用餐刀和餐叉吃牛排。

□ ステーキを＿＿＿＿＿＿で　小(ちい)さく　切(き)った。
用餐刀將牛排切成小塊。

□ ＿＿＿＿＿＿は　10枚(じゅうまい)　ぐらい　あります。
盤子大約有 10 個。

□ 鈴木(すずき)さんは＿＿＿＿＿＿や　コップを　きれいに　しました。
鈴木先生將碗和杯子清乾淨了。

□ すみません、＿＿＿＿＿＿二(ふた)つ　ください。
不好意思，請給我兩個玻璃杯。

□ 君(きみ)、＿＿＿＿＿＿の　持(も)ち方(かた)が　下手(へた)ね。
你呀！真不會拿筷子啊！

□ ＿＿＿＿＿＿で　水(みず)を　飲(の)みます。
用杯子喝水。

□ 贈(おく)り物(もの)に＿＿＿＿＿＿は　どうでしょうか。
禮物就送杯子怎麼樣呢？

08 お皿(さら)　09 茶碗(ちゃわん)　10 グラス　11 箸(はし)
12 コップ　13 カップ

6 住家

001	家（いえ）	名 房子，屋；（自己的）家，家庭	類 住まい（す）（住處）
002	家（うち）	名 家，家庭；房子；自己的家裡	類 自宅（じたく）（自己家）
003	庭（にわ）	名 庭院，院子，院落	類 庭園（ていえん）（院子）
004	鍵（かぎ）	名 鑰匙，鎖頭；關鍵	類 キー（key／鑰匙）
005	プール【pool】	名 游泳池	類 水泳場（すいえいじょう）（游泳池）
006	アパート【apartment house 之略】	名 公寓	類 マンション（mansion／公寓大廈）
007	池（いけ）	名 池塘，池子；（庭院中的）水池	類 池塘（ちとう）（池子）
008	ドア【door】	名（大多指西式前後推開的）門；（任何出入口的）門	類 戸（と）（門戶）
009	門（もん）	名 門，大門	類 正門（せいもん）（正門）
010	戸（と）	名（大多指左右拉開的）門；大門；窗戶	類 扉（とびら）（單扇門）
011	入り口（いりぐち）	名 入口，門口	類 入り口（はいりぐち）（入口） 對 出口（でぐち）（出口）
012	出口（でぐち）	名 出口	對 入り口（いりぐち）（入口）
013	所（ところ）	名（所在的）地方，地點	類 場所（ばしょ）（地點）

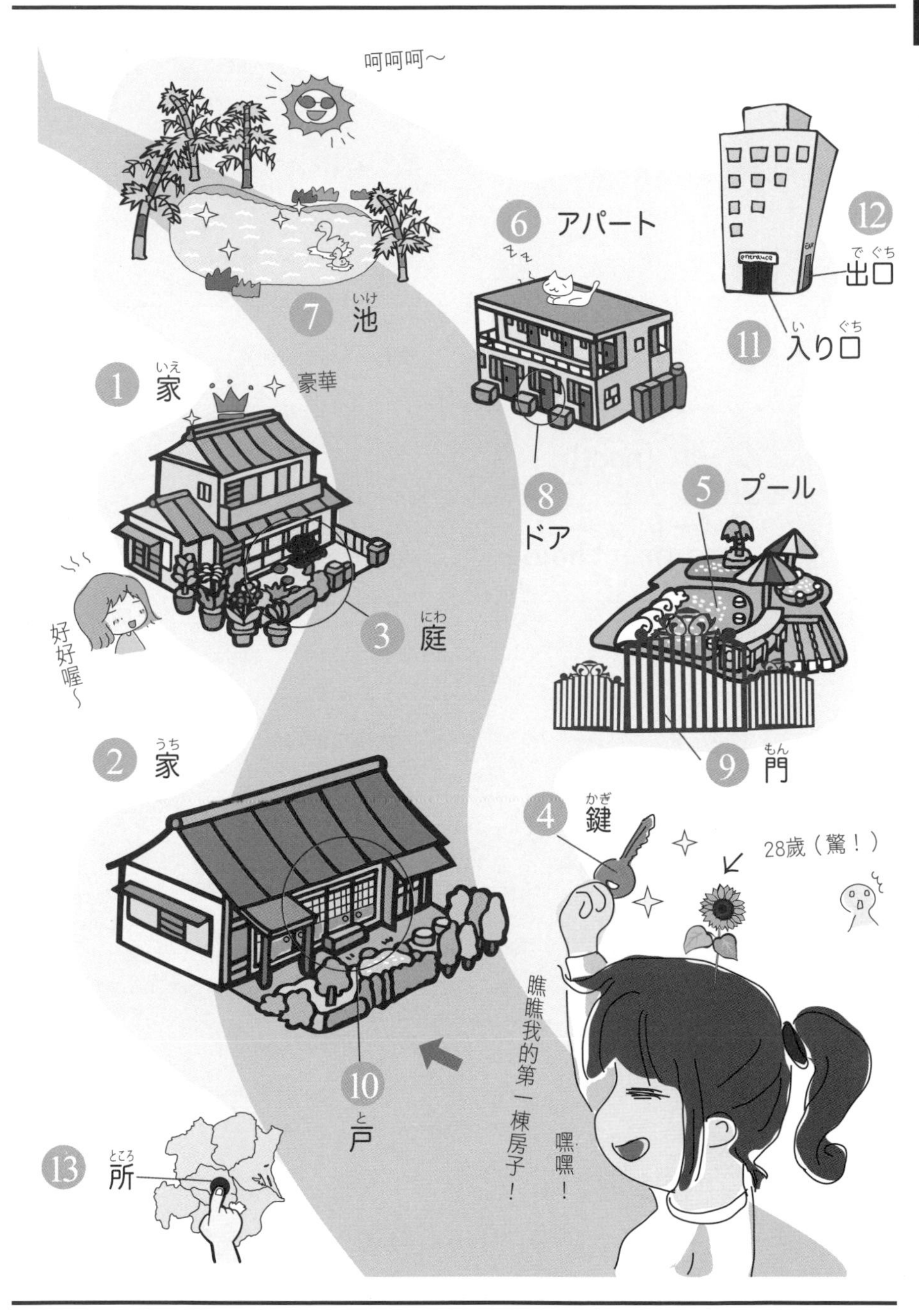

呵呵呵～
6 アパート
12
出口
11 入り口
7 池
1 家
豪華
8
ドア
5 プール
好好喔～
3 庭
2 家
9 門
4 鍵
28歲（驚！）
瞧瞧我的第一棟房子！
嘿嘿！
10
戸
13 所

001	家（いえ）	□ 房子，屋；（自己的）家，家庭
002	家（うち）	□ 家，家庭；房子；自己的家裡
003	庭（にわ）	□ 庭院，院子，院落
004	鍵（かぎ）	□ 鑰匙，鎖頭；關鍵
005	プール【pool】	□ 游泳池
006	アパート【apartment house 之略】	□ 公寓
007	池（いけ）	□ 池塘，池子；（庭院中的）水池
008	ドア【door】	□ （大多指西式前後推開的）門；（任何出入口的）門
009	門（もん）	□ 門，大門
010	戸（と）	□ （大多指左右拉開的門）門；大門；窗戶
011	入り口（いぐち）	□ 入口，門口
012	出口（でぐち）	□ 出口
013	所（ところ）	□ （所在的）地方，地點

參考答案 01 家（いえ） 02 家（うち） 03 庭（にわ） 04 鍵（かぎ）
05 プール 06 アパート 07 池（いけ）

□ 毎朝　何時に＿＿＿＿＿＿を　出ますか。
每天早上幾點離開家呢？

□ きれいな＿＿＿＿＿＿に　住んで　いますね。
你住在很漂亮的房子呢。

□ 私は　毎日＿＿＿＿＿＿の　掃除を　します。
我每天都會整理院子。

□ これは　自転車の＿＿＿＿＿＿です。
這是腳踏車的鑰匙。

□ どの　うちにも＿＿＿＿＿＿が　あります。
每家都有游泳池。

□ あの＿＿＿＿＿＿は　きれいで　安いです。
那間公寓既乾淨又便宜。

□ ＿＿＿＿＿＿の　中に　魚が　いますか。
池子裡有魚嗎？

□ 寒いです。＿＿＿＿＿＿を　閉めて　ください。
好冷。請關門。

□ この　家の＿＿＿＿＿＿は　石で　できて　いた。
這棟房子的大門是用石頭做的。

□ 「＿＿＿＿＿＿」は　左右に　開けたり　閉めたりする　ものです。
「門」是指左右兩邊可開可關的東西。

□ ＿＿＿＿＿＿の　前に　子どもが　います。
入口前有個小孩子。

□ すみません、＿＿＿＿＿＿は　どちらですか。
請問一下，出口在哪邊？

□ 今年は　暖かい＿＿＿＿＿＿へ　遊びに　いきました。
今年去了暖和的地方玩。

08 ドア　09 門　10 戸　11 入り口
12 出口　13 所

7 居家設備

001	机（つくえ）	名 桌子，書桌	類 テーブル（table／桌子）
002	椅子（いす）	名 椅子	類 腰掛け（こしかけ）（椅子）
003	部屋（へや）	名 房間；屋子	類 和室（わしつ）（和式房間）
004	窓（まど）	名 窗戶	類 ウインドー（window／窗戶）
005	ベッド【bed】	名 床，床舖	類 寝台（しんだい）（床）
006	シャワー【shower】	名 淋浴；驟雨	
007	トイレ【toilet】	名 廁所，洗手間，盥洗室	類 手洗い（てあらい）（洗手間）
008	台所（だいどころ）	名 廚房	類 勝手（かって）（廚房）
009	玄関（げんかん）	名（建築物的）正門，前門，玄關	類 出入り口（でいりぐち）（出入口）
010	階段（かいだん）	名 樓梯，階梯，台階	類 ステップ（step／公車等的踏板）
011	お手洗い（おてあらい）	名 廁所，洗手間，盥洗室	類 便所（べんじょ）（廁所）
012	風呂（ふろ）	名 浴缸，澡盆；洗澡；洗澡熱水	類 バス（bath／浴缸，浴室）

窗明几淨～
4 窓
6 シャワー
12 風呂
2 椅子
5 ベッド
3 部屋
1 机
8 台所
10 階段
11 お手洗い
7 トイレ
9 玄関
歡迎來我家～

001	机（つくえ）	□ 桌子，書桌
002	椅子（いす）	□ 椅子
003	部屋（へや）	□ 房間；屋子
004	窓（まど）	□ 窗戶
005	ベッド【bed】	□ 床，床鋪
006	シャワー【shower】	□ 淋浴；驟雨
007	トイレ【toilet】	□ 廁所，洗手間，盥洗室
008	台所（だいどころ）	□ 廚房
009	玄関（げんかん）	□ （建築物的）正門，前門，玄關
010	階段（かいだん）	□ 樓梯，階梯，台階
011	お手洗い（てあらい）	□ 廁所，洗手間，盥洗室
012	風呂（ふろ）	□ 浴缸，澡盆；洗澡；洗澡熱水

參考答案 01 机（つくえ） 02 椅子（いす） 03 部屋（へや） 04 窓（まど）
05 ベッド 06 シャワー 07 トイレ

□ すみません、＿＿＿＿＿＿は　どこに　置（お）きますか。
請問一下，這張書桌要放在哪裡？

□ ＿＿＿＿＿＿や　机（つくえ）を　買（か）いました。
買了椅子跟書桌。

□ ＿＿＿＿＿＿を　きれいに　しました。
把房間整理乾淨了。

□ 風（かぜ）で＿＿＿＿＿＿が　閉（し）まりました。
風把窗戶給關上了。

□ 私（わたし）は＿＿＿＿＿＿よりも　畳（たたみ）の　ほうが　いいです。
比起床鋪，我比較喜歡榻榻米。

□ 勉強（べんきょう）した後（あと）で、＿＿＿＿＿＿を　浴（あ）びます。
唸完書之後洗個淋浴。

□ ＿＿＿＿＿＿は　どちらですか。
廁所在哪邊？

□ 猫（ねこ）は　部屋（へや）にも＿＿＿＿＿＿にも　いませんでした。
貓咪不在房間，也不在廚房。

□ 友達（ともだち）は＿＿＿＿＿＿で　靴（くつ）を　脱（ぬ）ぎました。
朋友在玄關脫了鞋。

□ 来週（らいしゅう）の　月曜日（げつようび）の　午前（ごぜん）　10時（じゅうじ）には、＿＿＿＿＿＿を　使（つか）います。
下週一早上 10 點，會使用到樓梯。

□ ＿＿＿＿＿＿は　あちらです。
洗手間在那邊。

□ 今日（きょう）は　ご飯（はん）の　後（あと）で　お＿＿＿＿＿＿に　入（はい）ります。
今天吃完飯後再洗澡。

08 台所（だいどころ）　09 玄関（げんかん）　10 階段（かいだん）　11 お手洗い（てあらい）
12 風呂（ふろ）

8 家電家具

001	でんき 電気	名 電力；電燈；電器	類 エレキテル（（荷）electriciteit／電力）
002	とけい 時計	名 鐘錶，手錶	類 クロック（clock／時鐘）
003	でんわ 電話	名・自サ 電話；打電話	類 けいたいでんわ 携帯電話（手機）
004	ほんだな 本棚	名 書架，書櫥，書櫃	類 しょか 書架（書架）
005	ラジカセ【（和）radio ＋ cassette 之略】	名 收錄兩用收音機，錄放音機	類 ラジオカセット（（和）radio ＋ cassette／收錄音機）
006	れいぞうこ 冷蔵庫	名 冰箱，冷藏室，冷藏庫	
007	かびん 花瓶	名 花瓶	類 かき 花器（花瓶）
008	テーブル【table】	名 桌子；餐桌，飯桌	類 しょくたく 食卓（餐桌）
009	テープレコーダー【tape recorder】	名 磁帶錄音機	類 テレコ（tape recorder 之略／錄音機）
010	テレビ【television】	名 電視	類 テレビジョン（television／電視機）
011	ラジオ【radio】	名 收音機；無線電	類 おんせいほうそう 音声放送（聲音播放）
012	せっけん 石鹸	名 香皂，肥皂	類 ソープ（soap／肥皂）
013	ストーブ【stove】	名 火爐，暖爐	類 だんぼう 暖房（暖氣） 對 れいぼう 冷房（冷氣）

跳樓拍賣
全面5折優惠
5折
5折
SALE
① 電気(でんき)
② 時計(とけい)
③ 電話(でんわ)
④ 本棚(ほんだな)
⑤ ラジカセ
⑥ 冷蔵庫(れいぞうこ)
⑦ 花瓶(かびん)
⑧ テーブル
⑨ テープレコーダー
⑩ テレビ
⑪ ラジオ
⑫ 石鹸(せっけん)
⑬ ストーブ
Oh my God！
太便宜了！

001	電気（でんき）	□ 電力；電燈；電器
002	時計（とけい）	□ 鐘錶，手錶
003	電話（でんわ）	□ 電話；打電話
004	本棚（ほんだな）	□ 書架，書櫥，書櫃
005	ラジカセ【（和）radio＋cassette 之略】	□ 收錄兩用收音機，錄放音機
006	冷蔵庫（れいぞうこ）	□ 冰箱，冷藏室，冷藏庫
007	花瓶（かびん）	□ 花瓶
008	テーブル【table】	□ 桌子；餐桌，飯桌
009	テープレコーダー【tape recorder】	□ 磁帶錄音機
010	テレビ【television】	□ 電視
011	ラジオ【radio】	□ 收音機；無線電
012	石鹸（せっけん）	□ 香皂，肥皂
013	ストーブ【stove】	□ 火爐，暖爐

參考答案　01 電気（でんき）　02 時計（とけい）　03 電話（でんわ）　04 本棚（ほんだな）
05 ラジカセ　06 冷蔵庫（れいぞうこ）　07 花瓶（かびん）

□ ドアの　右に______の　スイッチが　あります。
門的右邊有電燈的開關。

□ あの　赤い______は　私のです。
那紅色的錶是我的。

□ 林さんは　明日　村田さんに______します。
林先生明天會打電話給村田先生。

□ ______の　右に　小さい　いすが　あります。
書架的右邊有張小椅子。

□ ______で　音楽を　聴く。
用錄放音機聽音樂。

□ ______に　牛乳が　まだ　あります。
冰箱裡還有牛奶。

□ ______に　水を　入れました。
把水裝入花瓶裡。

□ お箸は______の　上に　並べて　ください。
請將筷子擺到餐桌上。

□ ______で　日本語の　発音を　練習して　います。
我用錄音機在練習日語發音。

□ 昨日、______は　見ませんでした。
昨天沒看電視。

□ ______で　日本語を　聞きます。
用收音機聽日語。

□ ______で　手を　洗ってから、ご飯を　食べましょう。
用肥皂洗手後再來用餐吧。

□ 寒いから______を　つけましょう。
好冷，開暖爐吧！

08 テーブル　09 テープレコーダー　10 テレビ　11 ラジオ
12 石鹸　13 ストーブ

9 交通工具

001	橋（はし）	名 橋，橋樑	類 ブリッジ（bridge／橋）
002	地下鉄（ちかてつ）	名 地下鐵	類 電車（でんしゃ）（電車）
003	飛行機（ひこうき）	名 飛機	類 ヘリコプター（helicopter／直升機）
004	交差点（こうさてん）	名 十字路口	類 十字路（じゅうじろ）（十字路口）
005	タクシー【taxi】	名 計程車	類 キャブ（cab／計程車）
006	電車（でんしゃ）	名 電車	類 新幹線（しんかんせん）（新幹線）
007	駅（えき）	名（鐵路的）車站	類 ステーション（station／車站）
008	車（くるま）	名 車子的總稱，汽車	類 カー（car／車子）
009	自動車（じどうしゃ）	名 車，汽車	類 車（くるま）（車子）
010	自転車（じてんしゃ）	名 腳踏車	類 二輪車（にりんしゃ）（二輪車）
011	バス【bus】	名 巴士，公車	類 乗り物（のりもの）（交通工具）
012	エレベーター【elevator】	名 電梯，升降機	類 エスカレーター（escalator／手扶梯）
013	町（まち）	名 城鎮；街道；町	類 都会（とかい）（都市） 對 田舎（いなか）（鄉下）
014	道（みち）	名 路，道路	類 通り（とおり）（馬路）

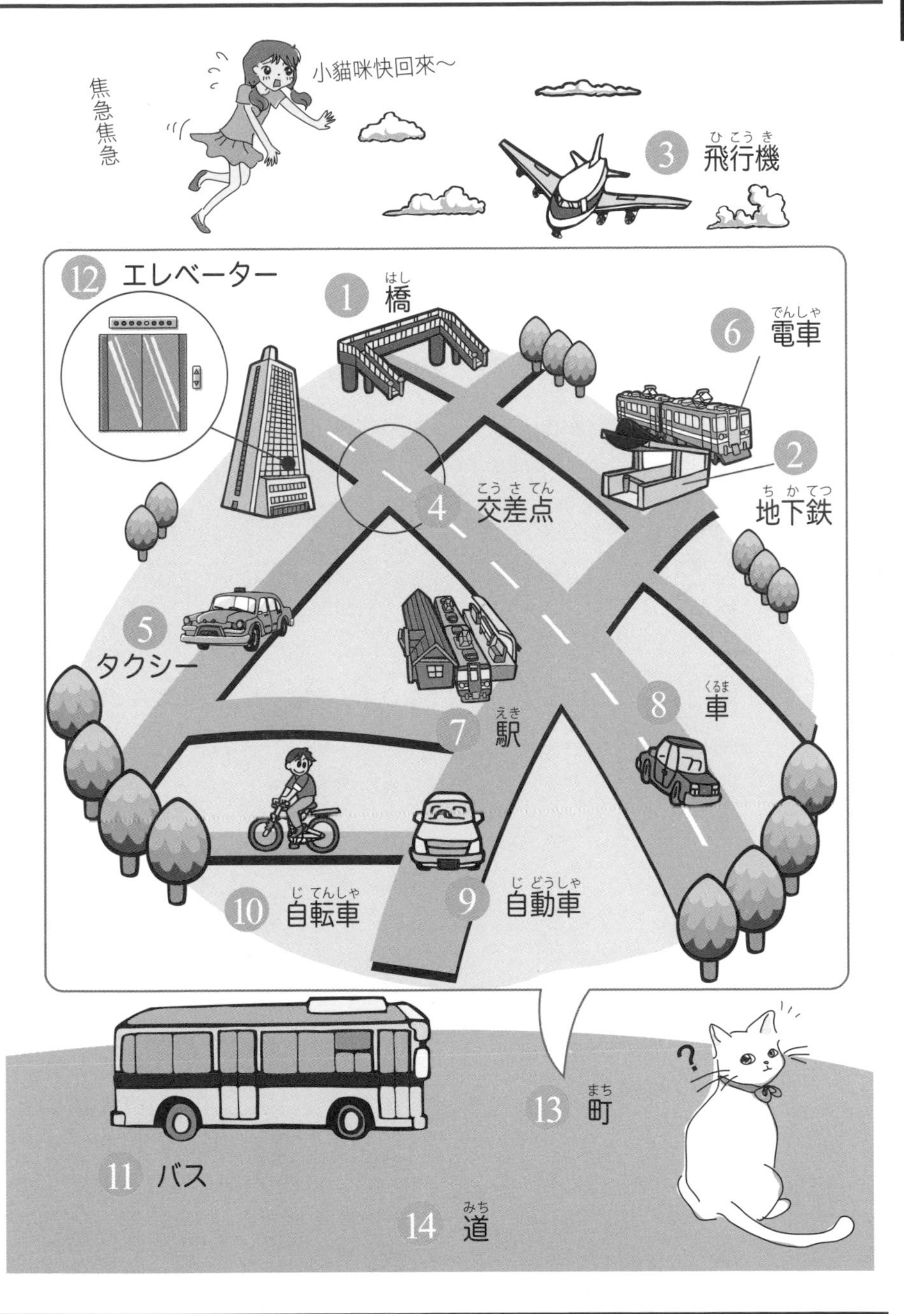
焦急焦急
小貓咪快回來~
3 飛行機 ひこうき
12 エレベーター
1 橋 はし
6 電車 でんしゃ
2 地下鉄 ちかてつ
4 交差点 こうさてん
5 タクシー
8 車 くるま
7 駅 えき
10 自転車 じてんしゃ
9 自動車 じどうしゃ
13 町 まち
11 バス
14 道 みち

	單字	中譯
001	橋（はし）	□ 橋，橋樑
002	地下鉄（ちかてつ）	□ 地下鐵
003	飛行機（ひこうき）	□ 飛機
004	交差点（こうさてん）	□ 十字路口
005	タクシー【taxi】	□ 計程車
006	電車（でんしゃ）	□ 電車
007	駅（えき）	□ （鐵路的）車站
008	車（くるま）	□ 車子的總稱，汽車
009	自動車（じどうしゃ）	□ 車，汽車
010	自転車（じてんしゃ）	□ 腳踏車
011	バス【bus】	□ 巴士，公車
012	エレベーター【elevator】	□ 電梯，升降機
013	町（まち）	□ 城鎮；街道；町
014	道（みち）	□ 路，道路

參考答案 01 橋（はし） 02 地下鉄（ちかてつ） 03 飛行機（ひこうき） 04 交差点（こうさてん） 05 タクシー 06 電車（でんしゃ） 07 駅（えき）

- [ ] ＿＿＿＿＿＿は　ここから　5分(ごふん)ぐらい　かかります。
  從這裡走到橋約要 5 分鐘。
- [ ] ＿＿＿＿＿＿で　空港(くうこう)まで　3時間(さんじかん)も　かかります。
  搭地下鐵到機場竟要花上 3 個小時。
- [ ] ＿＿＿＿＿＿で　南(みなみ)へ　遊(あそ)びに　行(い)きました。
  搭飛機去南邊玩了。
- [ ] その＿＿＿＿＿＿を　左(ひだり)に　曲(ま)がって　ください。
  請在那個十字路口左轉。
- [ ] 時間(じかん)が　ありませんから、＿＿＿＿＿＿で　行(い)きましょう。
  沒時間了，搭計程車去吧！
- [ ] 大学(だいがく)まで＿＿＿＿＿＿で　30分(さんじゅっぷん)　かかります。
  坐電車到大學要花 30 分鐘。
- [ ] ＿＿＿＿＿＿で　友達(ともだち)に　会(あ)いました。
  在車站遇到了朋友。
- [ ] ＿＿＿＿＿＿で　会社(かいしゃ)へ　行(い)きます。
  開車去公司。
- [ ] 日本(にほん)の＿＿＿＿＿＿は　いいですね。
  日本的汽車很不錯呢。
- [ ] 私(わたし)は＿＿＿＿＿＿を　2台(にだい)　持(も)って　います。
  我有兩台腳踏車。
- [ ] ＿＿＿＿＿＿に　乗(の)って、海(うみ)へ　行(い)きました。
  搭巴士去了海邊。
- [ ] 1階(いっかい)で＿＿＿＿＿＿に　乗(の)って　ください。
  請在 1 樓搭電梯。
- [ ] ＿＿＿＿＿＿の　南側(みなみがわ)は　緑(みどり)が　多(おお)い。
  城鎮的南邊綠意盎然。
- [ ] あの＿＿＿＿＿＿は　狭(せま)いです。
  那條路很窄。

08 車(くるま)　09 自動車(じどうしゃ)　10 自転車(じてんしゃ)　11 バス
12 エレベーター　13 町(まち)　14 道(みち)

10 建築物

No.	讀音	單字	詞性・中文	類義
001	みせ	店	名 店，商店，店鋪，攤子	類 商店（しょうてん）（商店）
002	えいがかん	映画館	名 電影院	類 シアター（theater／劇院）
003	びょういん	病院	名 醫院	類 クリニック（clinic／診療所）
004	たいしかん	大使館	名 大使館	
005	きっさてん	喫茶店	名 咖啡店	類 カフェ（（法）café／咖啡館）
006		レストラン【（法）restaurant】	名 西餐廳	類 料理屋（りょうりや）（餐館）
007	たてもの	建物	名 建築物，房屋	類 家（いえ）（住家）
008		デパート【department store】	名 百貨公司	類 百貨店（ひゃっかてん）（百貨商店）
009	やおや	八百屋	名 蔬果店，菜舖	類 青物屋（あおものや）（青菜店）
010	こうえん	公園	名 公園	類 パーク（park／公園）
011	ぎんこう	銀行	名 銀行	類 バンク（bank／銀行）
012	ゆうびんきょく	郵便局	名 郵局	
013		ホテル【hotel】	名（西式）飯店，旅館	類 旅館（りょかん）（旅館）

1 店（みせ）
2 映画館（えいがかん）
3 病院（びょういん）
4 大使館（たいしかん）
5 喫茶店（きっさてん）
6 レストラン
7 建物（たてもの）
8 デパート
9 八百屋（やおや）
10 公園（こうえん）
11 銀行（ぎんこう）
12 郵便局（ゆうびんきょく）
13 ホテル
お弁当
喫茶
OPEN CAFE
八百屋
BANK
得意
我家住這裡！

001	店（みせ）	□ 店，商店，店鋪，攤子
002	映画館（えいがかん）	□ 電影院
003	病院（びょういん）	□ 醫院
004	大使館（たいしかん）	□ 大使館
005	喫茶店（きっさてん）	□ 咖啡店
006	レストラン【（法）restaurant】	□ 西餐廳
007	建物（たてもの）	□ 建築物，房屋
008	デパート【department store】	□ 百貨公司
009	八百屋（やおや）	□ 蔬果店，菜舖
010	公園（こうえん）	□ 公園
011	銀行（ぎんこう）	□ 銀行
012	郵便局（ゆうびんきょく）	□ 郵局
013	ホテル【hotel】	□ （西式）飯店，旅館

參考答案 01 店（みせ） 02 映画館（えいがかん） 03 病院（びょういん） 04 大使館（たいしかん） 05 喫茶店（きっさてん） 06 レストラン 07 建物（たてもの）

□ あの＿＿＿＿＿は　何と　いう　名前ですか。
那家店名叫什麼？

□ ＿＿＿＿＿は　人で　いっぱいでした。
電影院裡擠滿了人。

□ 駅の　向こうに＿＿＿＿＿が　あります。
車站的對面有醫院。

□ 姉は　韓国の＿＿＿＿＿で　翻訳を　して　います。
姊姊在韓國大使館做翻譯。

□ 昼ご飯は　駅の　前の＿＿＿＿＿で　食べます。
午餐在車站前的咖啡廳吃。

□ 明日　誕生日だから　友達と＿＿＿＿＿へ　行きます。
明天是生日，所以和朋友一起去餐廳。

□ あの　大きな＿＿＿＿＿は　図書館です。
那棟大建築物是圖書館。

□ 近くに　新しい＿＿＿＿＿が　できて　賑やかに　なりました。
附近開了家新百貨公司，變得很熱鬧。

□ ＿＿＿＿＿へ　果物を　買いに　行きます。
到蔬果店買水果去。

□ この＿＿＿＿＿は　きれいです。
這座公園很漂亮。

□ 日曜日は＿＿＿＿＿が　閉まって　います。
週日銀行不營業。

□ 今日は　午後＿＿＿＿＿へ　行きますが、銀行へは　行きません。
今天下午會去郵局，但不去銀行。

□ プリンス＿＿＿＿＿に　３泊しました。
在王子飯店住了４天３夜。

08 デパート　09 八百屋　10 公園　11 銀行
12 郵便局　13 ホテル

11 娛樂嗜好

001	映画（えいが）	名 電影	類 ムービー（movie／電影）
002	音楽（おんがく）	名 音樂	類 ミュージック（music／音樂）
003	レコード【record】	名 唱片，黑膠唱片（圓盤形）	類 音盤（おんばん）（唱片）
004	テープ【tape】	名 膠布；錄音帶，卡帶	類 録音（ろくおん）テープ（錄音帶）
005	ギター【guitar】	名 吉他	
006	歌（うた）	名 歌，歌曲	類 歌謡（かよう）（歌謠）
007	絵（え）	名 畫，圖畫，繪畫	類 絵画（かいが）（繪畫）
008	カメラ【camera】	名 照相機；攝影機	類 撮影機（さつえいき）（照相機）
009	写真（しゃしん）	名 照片，相片，攝影	類 フォト（photo／照片）
010	フィルム【film】	名 底片，膠片；影片；電影	類 写真（しゃしん）フィルム（底片）
011	外国（がいこく）	名 外國，外洋	類 海外（かいがい）（海外） 對 内国（ないこく）（國內）
012	国（くに）	名 國家；國土；故鄉	類 国家（こっか）（國家）
013	荷物（にもつ）	名 行李，貨物	類 荷（に）（行李）

參考答案 01 映画（えいが） 02 音楽（おんがく） 03 レコード 04 テープ 05 ギター 06 歌（うた） 07 絵（え）

□ 9時(くじ)から＿＿＿＿＿＿が　始(はじ)まりました。
電影9點就開始了。

□ 雨(あめ)の　日(ひ)は、アパートの　部屋(へや)で＿＿＿＿＿＿を　聞(き)きます。
下雨天我就在公寓的房裡聽音樂。

□ 古(ふる)い＿＿＿＿＿＿を　聞(き)くのが　好(す)きです。
我喜歡聽老式的黑膠唱片。

□ ＿＿＿＿＿＿を　入(い)れてから、青(あお)い　ボタンを　押(お)します。
放入錄音帶後，按下藍色的按鈕。

□ 土曜日(どようび)は　散歩(さんぽ)したり、＿＿＿＿＿＿を　練習(れんしゅう)したり　します。
星期六我會散散步、練練吉他。

□ 私(わたし)は＿＿＿＿＿＿で　50音(ごじゅうおん)を　勉強(べんきょう)して　います。
我用歌曲學50音。

□ この＿＿＿＿＿＿は　誰(だれ)が　描(か)きましたか。
這幅畫是誰畫的？

□ この＿＿＿＿＿＿は　あなたのですか。
這台相機是你的嗎？

□ 壁(かべ)に＿＿＿＿＿＿が　貼(は)って　あります。
牆上貼著照片。

□ いつも　ここで＿＿＿＿＿＿を　買(か)います。
我都在這裡買底片。

□ 来年(らいねん)　弟(おとうと)が＿＿＿＿＿＿へ　行(い)くでしょう。
弟弟明年應該會去國外吧。

□ 世界(せかい)で　一番(いちばん)　広(ひろ)い＿＿＿＿＿＿は　どこですか。
世界上國土最大的國家是哪裡？

□ 重(おも)い＿＿＿＿＿＿を　持(も)って、とても　疲(つか)れました。
手提著很重的行李，真是累壞了。

08 カメラ　09 写真(しゃしん)　10 フィルム　11 外国(がいこく)
12 国(くに)　13 荷物(にもつ)

12 學校

001	ことば 言葉	名 語言，詞語	類 げんご 言語（語言）
002	えいご 英語	名 英語，英文	類 イングリッシュ（English／英語）
003	がっこう 学校	名 學校；（有時指）上課	類 スクール（school／學校）
004	だいがく 大学	名 大學	類 カレッジ（college／專科大學）
005	きょうしつ 教室	名 教室；研究室	類 クラスルーム（classroom／教室）
006	クラス【class】	名 階級，等級；（學校的）班級	類 くみ 組（班）
007	じゅぎょう 授業	名 上課，教課，授課	類 レッスン（lesson／課程）
008	としょかん 図書館	名 圖書館	類 ライブラリー（library／圖書館）
009	ニュース【news】	名 新聞，消息	類 ほうどう 報道（報導）
010	はなし 話	名 話，說話，講話	類 かいわ 会話（談話）
011	びょうき 病気	名 生病，疾病	類 やまい 病（病）
012	かぜ 風邪	名 感冒，傷風	類 インフルエンザ（influenza／流行性感冒）
013	くすり 薬	名 藥，藥品	類 やくひん 薬品（藥物） 對 どく 毒（毒藥）

參考答案
01 ことば 言葉　02 えいご 英語　03 がっこう 学校　04 だいがく 大学
05 きょうしつ 教室　06 クラス　07 じゅぎょう 授業

□ 日本語の＿＿＿＿＿を　九つ　覚えました。
學會了 9 個日語詞彙。

□ アメリカで＿＿＿＿＿を　勉強して　います。
在美國學英文。

□ 田中さんは　昨日　病気で＿＿＿＿＿を　休みました。
田中昨天因為生病請假沒來學校。

□ ＿＿＿＿＿に　入るときは　100 万円ぐらい　かかりました。
上大學的時候大概花了 100 萬圓。

□ ＿＿＿＿＿に　学生が　3 人　います。
教室裡有 3 個學生。

□ 男の子だけの＿＿＿＿＿は　おもしろく　ないです。
只有男生的班級一點都不好玩！

□ 林さんは　今日＿＿＿＿＿を　休みました。
林先生今天沒來上課。

□ この　道を　まっすぐ　行くと　大きな＿＿＿＿＿が　あります。
這條路直走，就可以看到大型圖書館。

□ 山田さん、＿＿＿＿＿を　見ましたか。
山田小姐，你看新聞了嗎？

□ あの　先生の＿＿＿＿＿は　長い。
那位老師話很多。

□ ＿＿＿＿＿に　なったときは、病院へ　行きます。
生病時要去醫院看醫生。

□ ＿＿＿＿＿を　引いて、昨日から　頭が　痛いです。
得了感冒，從昨天開始就頭很痛。

□ 頭が　痛いときは　この＿＿＿＿＿を　飲んで　ください。
頭痛的時候請吃這個藥。

08 図書館　09 ニュース　10 話　11 病気
12 風邪　13 薬

13 學習

001	問題（もんだい）	名 問題；（需要研究，處理，討論的）事項	類 問い（とい）（問題）
002	宿題（しゅくだい）	名 作業，家庭作業	類 課題（かだい）（課題）
003	テスト【test】	名 考試，試驗，檢查	類 試験（しけん）（考試）
004	意味（いみ）	名（詞句等）意思，含意	類 意義（いぎ）（意義）
005	名前（なまえ）	名（事物與人的）名字，名稱	類 苗字（みょうじ）（姓）
006	番号（ばんごう）	名 號碼，號數	類 ナンバー（number／號碼）
007	片仮名（かたかな）	名 片假名	類 かたかんな（片假名） 對 平仮名（ひらがな）（平假名）
008	平仮名（ひらがな）	名 平假名	類 かんな（平假名） 對 片仮名（かたかな）（片假名）
009	漢字（かんじ）	名 漢字	類 本字（ほんじ）（（相對於假名的）漢字）
010	作文（さくぶん）	名 作文	類 綴り方（つづりかた）（（小學的）作文）
011	留学生（りゅうがくせい）	名 留學生	
012	夏休み（なつやすみ）	名 暑假	類 休暇（きゅうか）（休假）
013	休み（やすみ）	名 休息，假日；休假，停止營業	類 休息（きゅうそく）（休息）

參考答案 01 問題（もんだい） 02 宿題（しゅくだい） 03 テスト 04 意味（いみ） 05 名前（なまえ） 06 番号（ばんごう） 07 片仮名（かたかな）

□ この＿＿＿＿＿＿は　難しかった。
這道問題很困難。

□ 家に　帰ると、まず＿＿＿＿＿＿を　します。
一回到家以後，首先寫功課。

□ ＿＿＿＿＿＿を　して　いますから、静かに　して　ください。
現在在考試，所以請安靜。

□ この　カタカナは　どう　いう＿＿＿＿＿＿でしょう。
這個片假名是什麼意思？

□ ノートに＿＿＿＿＿＿が　書いて　あります。
筆記本上寫著姓名。

□ 女の　人の　電話＿＿＿＿＿＿は　何番ですか。
女生的電話號碼是幾號？

□ ご住所は＿＿＿＿＿＿で　書いて　ください。
請用片假名書寫您的住址。

□ 名前は＿＿＿＿＿＿で　書いて　ください。
姓名請用平假名書寫。

□ 先生、この＿＿＿＿＿＿は　何と　読みますか。
老師，這個漢字怎麼唸？

□ 自分の　夢に　ついて、日本語で＿＿＿＿＿＿を　書きました。
用日文寫了一篇有關自己的夢想的作文。

□ 日本の＿＿＿＿＿＿から　日本語を　習って　います。
我現在在跟日本留學生學日語。

□ ＿＿＿＿＿＿は　何日から　始まりますか。
暑假是從幾號開始放的？

□ 明日は＿＿＿＿＿＿ですが、どこへも　行きません。
明天是假日，但哪都不去。

08 ひらがな　09 漢字　10 作文　11 留学生
12 夏休み　13 休み

14 文具用品

001	お金（かね）	名 錢，貨幣	類 金銭（きんせん）（金錢）
002	ボールペン【ball-point pen】	名 原子筆，鋼珠筆	類 ペン（pen／筆）
003	万年筆（まんねんひつ）	名 鋼筆	
004	コピー【copy】	他サ 拷貝，複製，副本	類 複写（ふくしゃ）（複印）
005	字引（じびき）	名 字典，辭典	類 字典（じてん）（字典）
006	ペン【pen】	名 筆，原子筆，鋼筆	類 ボールペン（ball-point pen／原子筆）
007	新聞（しんぶん）	名 報紙	類 新聞紙（しんぶんし）（報紙）
008	本（ほん）	名 書，書籍	類 書物（しょもつ）（圖書）
009	ノート【notebook】	名 筆記本；備忘錄	類 手帳（てちょう）（記事本）
010	鉛筆（えんぴつ）	名 鉛筆	類 ペンシル（pencil／鉛筆）
011	辞書（じしょ）	名 字典，辭典	類 辞典（じてん）（辭典）
012	雑誌（ざっし）	名 雜誌，期刊	類 マガジン（magazine／雜誌）
013	紙（かみ）	名 紙	類 ペーパー（paper／紙）

1 お金（かね）
金光閃閃
瑞氣千條
!!
2 ボールペン
3 万年筆（まんねんひつ）
4 コピー
5 字引（じびき）
大辞典
6 ペン
7 新聞（しんぶん）
8 本（ほん）
9 ノート
ノート
__ねん __くみ
なまえ
10 鉛筆（えんぴつ）
11 辞書（じしょ）
国語
12 雑誌（ざっし）
13 紙（かみ）

001	お金（かね）	□ 錢，貨幣
002	ボールペン【ball-point pen】	□ 原子筆，鋼珠筆
003	万年筆（まんねんひつ）	□ 鋼筆
004	コピー【copy】	□ 拷貝，複製，副本
005	字引（じびき）	□ 字典，辭典
006	ペン【pen】	□ 筆，原子筆，鋼筆
007	新聞（しんぶん）	□ 報紙
008	本（ほん）	□ 書，書籍
009	ノート【notebook】	□ 筆記本；備忘錄
010	鉛筆（えんぴつ）	□ 鉛筆
011	辞書（じしょ）	□ 字典，辭典
012	雑誌（ざっし）	□ 雜誌，期刊
013	紙（かみ）	□ 紙

參考答案 01 お金（かね） 02 ボールペン 03 万年筆（まんねんひつ） 04 コピー
05 字引（じびき） 06 ペン 07 新聞（しんぶん）

- [ ] 車(くるま)を　買(か)う＿＿＿＿＿＿が　ありません。
  沒有錢買車子。
- [ ] この＿＿＿＿＿＿は　父(ちち)から　もらいました。
  這支原子筆是爸爸給我的。
- [ ] 胸(むね)の　ポケットに＿＿＿＿＿＿を　さした。
  把鋼筆插進了胸前的口袋。
- [ ] 山田君(やまだくん)、これを＿＿＿＿＿＿して　ください。
  山田同學，麻煩請影印一下這個。
- [ ] ＿＿＿＿＿＿を　引(ひ)いて、知(し)らない　言葉(ことば)を　探(さが)した。
  用字典查了不懂的字彙。
- [ ] ＿＿＿＿＿＿か　鉛筆(えんぴつ)を　貸(か)して　ください。
  請借我原子筆或是鉛筆。
- [ ] この＿＿＿＿＿＿は　一昨日(おととい)の　ものだから　もう　いりません。
  這報紙是前天的東西了，我不要了。
- [ ] 図書館(としょかん)で＿＿＿＿＿＿を　借(か)りました。
  到圖書館借了書。
- [ ] ＿＿＿＿＿＿が　2冊(にさつ)　あります。
  有兩本筆記本。
- [ ] これは＿＿＿＿＿＿です。
  這是鉛筆。
- [ ] ＿＿＿＿＿＿を　見(み)てから　漢字(かんじ)を　書(か)きます。
  看過辭典後再寫漢字。
- [ ] ＿＿＿＿＿＿を　まだ　半分(はんぶん)しか　読(よ)んで　いません。
  雜誌僅僅看了一半而已。
- [ ] 本(ほん)を　借(か)りる　前(まえ)に、この＿＿＿＿＿＿に　名前(なまえ)を　書(か)いて　ください。
  要借書之前，請在這張紙寫下名字。

08 本(ほん)　09 ノート　10 鉛筆(えんぴつ)　11 辞書(じしょ)
12 雑誌(ざっし)　13 紙(かみ)

15 工作及郵局

001	生徒（せいと）	名（中學、高中）學生	類 学生（がくせい）（學生）
002	先生（せんせい）	名 老師，師傅；醫生，大夫	類 教師（きょうし）（老師）
003	学生（がくせい）	名 學生（主要指大專院校的學生）	類 大学生（だいがくせい）（大學生）
004	医者（いしゃ）	名 醫生，大夫	類 医師（いし）（醫生）
005	お巡り（まわり）さん	名（俗稱）警察，巡警	類 警官（けいかん）（警察官）
006	会社（かいしゃ）	名 公司；商社	類 企業（きぎょう）（企業）
007	仕事（しごと）	名 工作；職業	類 勤（つと）め（職務）
008	警官（けいかん）	名 警官，警察	類 警察官（けいさつかん）（警察官）
009	葉書（はがき）	名 明信片	類 郵便葉書（ゆうびんはがき）（明信片） 對 封書（ふうしょ）（封口書信）
010	切手（きって）	名 郵票	類 郵便切手（ゆうびんきって）（郵票）
011	手紙（てがみ）	名 信，書信，函	類 郵便（ゆうびん）（郵件）
012	封筒（ふうとう）	名 信封，封套	類 袋（ふくろ）（袋子）
013	切符（きっぷ）	名 票，車票	類 チケット（ticket／票）
014	ポスト【post】	名 郵筒，信箱	類 郵便受（ゆうびんう）け（信箱）

① 生徒（せいと）

② 先生（せんせい）

③ 学生（がくせい）

④ 医者（いしゃ）

⑤ お巡（まわ）りさん

⑥ 会社（かいしゃ）

⑦ 仕事（しごと）

⑧ 警官（けいかん）

⑨ 葉書（はがき）

⑩ 切手（きって）

⑪ 手紙（てがみ）

⑫ 封筒（ふうとう）

⑬ 切符（きっぷ）

⑭ ポスト

001	生徒（せいと）	□（中學、高中）學生
002	先生（せんせい）	□ 老師，師傅；醫生，大夫
003	学生（がくせい）	□ 學生（主要指大專院校的學生）
004	医者（いしゃ）	□ 醫生，大夫
005	お巡りさん（まわ）	□（俗稱）警察，巡警
006	会社（かいしゃ）	□ 公司；商社
007	仕事（しごと）	□ 工作；職業
008	警官（けいかん）	□ 警官，警察
009	葉書（はがき）	□ 明信片
010	切手（きって）	□ 郵票
011	手紙（てがみ）	□ 信，書信，函
012	封筒（ふうとう）	□ 信封，封套
013	切符（きっぷ）	□ 票，車票
014	ポスト【post】	□ 郵筒，信箱

參考答案 01 生徒（せいと） 02 先生（せんせい） 03 学生（がくせい） 04 医者（いしゃ） 05 お巡りさん（まわ） 06 会社（かいしゃ） 07 仕事（しごと）

□ この　中学校(ちゅうがっこう)は＿＿＿＿＿＿が　200人(にひゃくにん)　います。
這所國中有 200 位學生。

□ ＿＿＿＿＿＿の　部屋(へや)は　こちらです。
老師的房間在這裡。

□ この　アパートは＿＿＿＿＿＿しか　貸(か)しません。
這間公寓只承租給學生。

□ 私(わたし)は＿＿＿＿＿＿に　なりたいです。
我想當醫生。

□ ＿＿＿＿＿＿、駅(えき)は　どこですか。
警察先生，車站在哪裡？

□ 田中(たなか)さんは　1週間(いっしゅうかん)＿＿＿＿＿＿を　休(やす)んで　います。
田中先生向公司請了 1 週的假。

□ 明日(あした)は＿＿＿＿＿＿が　あります。
明天有工作。

□ 前(まえ)の　車(くるま)、止(と)めて　ください。＿＿＿＿＿＿です。
前方車輛請停車。我們是警察。

□ ＿＿＿＿＿＿を　3枚(さんまい)と　封筒(ふうとう)を　5枚(ごまい)　お願(ねが)いします。
請給我 3 張明信片和 5 個信封。

□ 郵便局(ゆうびんきょく)で＿＿＿＿＿＿を　買(か)います。
在郵局買郵票。

□ きのう　友達(ともだち)に＿＿＿＿＿＿を　書(か)きました。
昨天寫了信給朋友。

□ ＿＿＿＿＿＿に　お金(かね)が　8万円(はちまんえん)　入(はい)って　いました。
信封裡裝了 8 萬圓。

□ ＿＿＿＿＿＿を　2枚(にまい)　買(か)いました。
買了兩張車票。

□ この　辺(へん)に＿＿＿＿＿＿は　ありますか。
這附近有郵筒嗎？

08 警官(けいかん)　09 葉書(はがき)　10 切手(きって)　11 手紙(てがみ)
12 封筒(ふうとう)　13 切符(きっぷ)　14 ポスト

16 方向位置

編號	單字	釋義	類／對
001	東（ひがし）	名 東，東方，東邊	類 東方（とうほう）（東方） 對 西（にし）（西方）
002	西（にし）	名 西，西邊，西方	類 西方（せいほう）（西方） 對 東（ひがし）（東方）
003	南（みなみ）	名 南，南方，南邊	類 南方（なんぽう）（南方） 對 北（きた）（北方）
004	北（きた）	名 北，北方，北邊	類 北方（ほっぽう）（北方） 對 南（みなみ）（南方）
005	上（うえ）	名（位置）上面，上部	類 上方（じょうほう）（上方） 對 下（した）（下方）
006	下（した）	名（位置的）下，下面，底下；年紀小	類 下方（かほう）（下方） 對 上（うえ）（上方）
007	左（ひだり）	名 左，左邊；左手	類 左側（ひだりがわ）（左側） 對 右（みぎ）（右方）
008	右（みぎ）	名 右，右側，右邊，右方	類 右側（みぎがわ）（右側） 對 左（ひだり）（左方）
009	外（そと）	名 外面，外邊；戶外	類 外部（がいぶ）（外面） 對 內（うち）（裡面）
010	中（なか）	名 裡面，內部	類 內部（ないぶ）（裡面） 對 外（そと）（外面）
011	前（まえ）	名（空間的）前，前面	類 前方（ぜんぽう）（前面） 對 後ろ（うしろ）（後面）
012	後ろ（うしろ）	名 後面；背面，背地裡	類 後方（こうほう）（後面） 對 前（まえ）（前面）
013	向こう（むこう）	名 對面，正對面；另一側；那邊	類 正面（しょうめん）（正面）

E
W
S
N
1 東（ひがし）
好吃喔！
2 西（にし）
Ciao~
3 南（みなみ）
熱
熱
4 北（きた）
嗚~
5 上（うえ）
6 下（した）
7 左（ひだり）
8 右（みぎ）
9 外（そと）
10 中（なか）
喵~
11 前（まえ）
12 後ろ（うしろ）
13 向こう（むこう）
呵~
我…我喜歡妳！

001	東（ひがし）	□ 東，東方，東邊
002	西（にし）	□ 西，西邊，西方
003	南（みなみ）	□ 南，南方，南邊
004	北（きた）	□ 北，北方，北邊
005	上（うえ）	□ （位置）上面，上部；年紀大
006	下（した）	□ （位置的）下，下面，底下；年紀小
007	左（ひだり）	□ 左，左邊；左手
008	右（みぎ）	□ 右，右側，右邊，右方
009	外（そと）	□ 外面，外邊；戶外
010	中（なか）	□ 裡面，內部
011	前（まえ）	□ （空間的）前，前面
012	後（うし）ろ	□ 後面；背面，背地裡
013	向（む）こう	□ 對面，正對面；另一側；那邊

參考答案 01 東（ひがし） 02 西（にし） 03 南（みなみ） 04 北（きた） 05 上（うえ） 06 下（した） 07 左（ひだり）

- ☐ 町の＿＿＿＿＿に　長い　川が　あります。
  城鎮的東邊有條長河。
- ☐ ＿＿＿＿＿の　空が　赤く　なりました。
  西邊的天色轉紅了。
- ☐ 私は　冬が　好きではありませんから、＿＿＿＿＿へ　遊びに　行きます。
  我不喜歡冬天，所以要去南方玩。
- ☐ 北海道は　日本の　一番＿＿＿＿＿に　あります。
  北海道在日本的最北邊。
- ☐ リンゴが　机の＿＿＿＿＿に　置いて　あります。
  桌上放著蘋果。
- ☐ あの　木の＿＿＿＿＿で　お弁当を　食べましょう。
  到那棵樹下吃便當吧。
- ☐ レストランの＿＿＿＿＿に　本屋が　あります。
  餐廳的左邊有書店。
- ☐ 地下鉄は＿＿＿＿＿ですか、左ですか。
  地下鐵是在右邊？還是左邊？
- ☐ 天気が　悪くて＿＿＿＿＿で　スポーツが　できません。
  天候不佳，無法到外面運動。
- ☐ 公園の＿＿＿＿＿に　喫茶店が　あります。
  公園裡有咖啡廳。
- ☐ 机の＿＿＿＿＿に　何も　ありません。
  書桌前什麼也沒有。
- ☐ 山田君の＿＿＿＿＿に　立って　いるのは　誰ですか。
  站在山田同學背後的是誰呢？
- ☐ 交番は　橋の＿＿＿＿＿に　あります。
  派出所在橋的另一側。

08 右　09 外　10 中　11 前
12 後ろ　13 向こう

17 位置、距離、重量等

001	となり 隣	名 鄰居，鄰家；隔壁，旁邊；鄰近，附近	類 よこ 横（旁邊）
002	そば そば 側／傍	名 旁邊，側邊；附近	類 ちか 近く（附近）
003	よこ 横	名 横；寬；側面；旁邊	類 そくめん 側面（側面） 對 たて 縦（長）
004	かど 角	名 角；（道路的）拐角，角落	類 ま め 曲がり目（拐彎處）
005	ちか 近く	名 附近，近旁；（時間上）近期，靠近	類 ふきん 付近（附近）
006	へん 辺	名 附近，一帶；程度，大致	類 あた 辺り（周圍）
007	さき 先	名 先，早；頂端，尖端；前頭，最前端	對 あと 後（之後）
008	キロ（グラム）【（法）kilo（gramme）】	名 千克，公斤	
009	グラム【（法）gramme】	名 公克	
010	キロ（メートル）【（法）kilo（mêtre）】	名 1000 公尺，1 公里	
011	メートル【mètre】	名 公尺，米	類 メーター（meter／公尺）
012	はんぶん 半分	名 半，一半，2 分之 1	類 はん 半（一半）
013	つぎ 次	名 下次，下回，接下來；第 2，其次	類 だいに 第二（第 2）
014	いく 幾ら	名 多少（錢，價格，數量等）	類 どのくらい（多少）

1 隣(となり)
2 側(そば)／傍(そば)
3 横(よこ)
4 角(かど)
5 近(ちか)く
6 辺(へん)
7 先(さき)
おさきにどうぞ
8 キロ（グラム）
50キロ
9 キロ（メートル）
真厲害！
21
10キロ走った
歡聲雷動
10 メートル
100メートル泳いだ
11 半分(はんぶん)
はんぶん食べた
12 次(つぎ)
13 幾(いく)ら
¥？

001	隣（となり）	□ 鄰居，鄰家；隔壁，旁邊；鄰近，附近
002	側（そば）／傍（そば）	□ 旁邊，側邊；附近
003	横（よこ）	□ 橫；寬；側面；旁邊
004	角（かど）	□ 角；（道路的）拐角，路口，角落
005	近（ちか）く	□ 附近，近旁；（時間上）近期，靠近
006	辺（へん）	□ 附近，一帶；程度，大致
007	先（さき）	□ 先，早；頂端，尖端；前頭，最前端
008	キロ（グラム）【（法）kilo（gramme）】	□ 千克，公斤
009	グラム【（法）gramme】	□ 公克
010	キロ（メートル）【（法）kilo（mêtre）】	□ 1000 公尺，1 公里
011	メートル【mètre】	□ 公尺，米
012	半分（はんぶん）	□ 半，一半，2 分之 1
013	次（つぎ）	□ 下次，下回，接下來；第 2，其次
014	幾（いく）ら	□ 多少（錢，價格，數量等）

參考答案 01 隣（となり）　02 そば　03 横（よこ）　04 角（かど）
05 近（ちか）く　06 辺（へん）　07 先（さき）

□ 花(はな)は　テレビの______に　おきます。
把花放在電視的旁邊。

□ 病院(びょういん)の______に、たいてい　薬屋(くすりや)や　花屋(はなや)が　あります。
醫院附近大多會有藥局跟花店。

□ 交番(こうばん)は　橋(はし)の______に　あります。
派出所在橋的旁邊。

□ その　店(みせ)の______を　左(ひだり)に　曲(ま)がって　ください。
請在那家店的轉角左轉。

□ 駅(えき)の______に　レストランが　あります。
車站附近有餐廳。

□ この______に　お銭湯(せんとう)は　ありませんか。
這一帶有大眾澡堂嗎？

□ ______に　食(た)べて　ください。私(わたし)は　後(あと)で　食(た)べます。
請先吃吧。我等一下就吃。

□ 牛肉(ぎゅうにく)を　5(ご)______ください。
請給我 5 公斤牛肉。

□ 牛肉(ぎゅうにく)を　500(ごひゃく)______買(か)う。
買 500 公克的牛肉。

□ マラソンは　42.195(よんじゅうにてんいちきゅうご)______を　走(はし)る。
馬拉松要跑 42.195 公里。

□ 私(わたし)の　背(せ)の　高(たか)さは　1(いち)______80(はちじゅっ)センチです。
我身高 1 公尺 80 公分。

□ バナナを______に　して　いっしょに　食(た)べましょう。
把香蕉分成一半一起吃吧！

□ 私(わたし)は______の　駅(えき)で　電車(でんしゃ)を　降(お)ります。
我在下一站下電車。

□ この　本(ほん)は______ですか。
這本書多少錢？

08 キロ　09 グラム　10 キロ　11 メートル
12 半分(はんぶん)　13 次(つぎ)　14 幾(いく)ら

1 意思相對的

001	熱（あつ）い	形（溫度）熱的，燙的	類 ホット（hot／熱的） 對 冷（つめ）たい（冰涼）
002	冷（つめ）たい	形 冷，涼；冷淡，不熱情	類 アイス（ice／冰的） 對 熱（あつ）い（熱的）
003	新（あたら）しい	形 新的；新鮮的；時髦的	類 最新（さいしん）（最新） 對 古（ふる）い（舊）
004	古（ふる）い	形 以往；老舊，年久，老式	類 旧式（きゅうしき）（舊式） 對 新（あたら）しい（新）
005	厚（あつ）い	形 厚；（感情，友情）深厚，優厚	類 分厚（ぶあつ）い（厚） 對 薄（うす）い（薄）
006	薄（うす）い	形 薄；淡，淺；待人冷淡；稀少	類 うっすら（薄薄地） 對 厚（あつ）い（厚）
007	甘（あま）い	形 甜的；甜蜜的；（口味）淡的	類 甘（あま）ったるい（太甜） 對 辛（から）い（辣）
008	辛（から）い／鹹（から）い	形 辣，辛辣；嚴格；鹹的	類 塩（しょ）っぱい（鹹） 對 甘（あま）い（甜）
009	良（い）い／良（よ）い	形 好，佳，良好；可以	類 宜（よろ）しい（好） 對 悪（わる）い（不好）
010	悪（わる）い	形 不好，壞的；不對，錯誤	類 不良（ふりょう）（不良） 對 良（よ）い（好）
011	忙（いそが）しい	形 忙，忙碌	類 多忙（たぼう）（繁忙） 對 暇（ひま）（空閒）
012	暇（ひま）	名・形動 時間，功夫；空閒時間，暇餘	類 手透（てす）き（空閒） 對 忙（いそが）しい（繁忙）
013	嫌（きら）い	形動 嫌惡，厭惡，不喜歡	類 嫌（いや）（不喜歡） 對 好（す）き（喜歡）

參考答案 01 熱（あつ）い 02 冷（つめ）たい 03 新（あたら）しい 04 古（ふる）い 05 厚（あつ）い 06 薄（うす）く 07 甘（あま）い

□ ______コーヒーを　お願(ねが)いします。
請給我熱咖啡。

□ お茶(ちゃ)は、______のと　熱(あつ)いのと　どちらが　いいですか。
你茶要冷的還是熱的？

□ この　食堂(しょくどう)は______ですね。
這間餐廳很新耶。

□ この　辞書(じしょ)は______ですが、便利(べんり)です。
這本辭典雖舊但很方便。

□ 冬(ふゆ)は______コートが　ほしいです。
冬天我想要一件厚大衣。

□ パンを______切(き)りました。
我將麵包切薄了。

□ この　ケーキは　とても______です。
這塊蛋糕非常甜。

□ 山田(やまだ)さんは______ものが　大好(だいす)きです。
山田先生最喜歡吃辣的東西了。

□ ここは　静(しず)かで______公園(こうえん)ですね。
這裡很安靜，真是座好公園啊。

□ 今日(きょう)は　天気(てんき)が______から、傘(かさ)を　持(も)って　いきます。
今天天氣不好，所以帶傘出門。

□ ______から、新聞(しんぶん)を　読(よ)みません。
因為太忙了，所以沒看報紙。

□ 今日(きょう)　午後(ごご)から______です。
今天下午後有空。

□ 魚(さかな)は______ですが、肉(にく)は　好(す)きです。
我討厭吃魚，可是喜歡吃肉。

08 辛(から)い　09 いい　10 悪(わる)い　11 忙(いそが)しい
12 暇(ひま)　13 嫌(きら)い

014	好き（す）	形動 喜好，愛好；愛，產生感情	類 気に入る（きい）（中意） 對 嫌い（きら）（討厭）
015	美味しい（おい）	形 美味的，可口的，好吃的	類 旨い（うま）（美味） 對 不味い（まず）（難吃）
016	不味い（まず）	形 不好吃，難吃	類 旨くない（うま）（不好吃） 對 美味しい（おい）（好吃）
017	多い（おお）	形 多，多的	類 たくさん（很多） 對 少ない（すく）（少）
018	少ない（すく）	形 少，不多	類 僅か（わず）（少許） 對 多い（おお）（多）
019	大きい（おお）	形（數量，體積等）大，巨大；（程度，範圍等）大，廣大	類 でかい（大的） 對 小さい（ちい）（小的）
020	小さい（ちい）	形 小的；微少，輕微；幼小的	類 細かい（こま）（細小的） 對 大きい（おお）（大的）
021	重い（おも）	形（份量）重，沉重	類 重たい（おも）（重） 對 軽い（かる）（輕）
022	軽い（かる）	形 輕的，輕巧的；（程度）輕微的；快活	類 軽快（けいかい）（輕便） 對 重い（おも）（沈重）
023	面白い（おもしろ）	形 好玩，有趣；新奇，別有風趣	類 興味深い（きょうみぶか）（有趣） 對 つまらない（無聊）
024	つまらない	形 無趣，沒意思；無意義	類 くだらない（無意義） 對 面白い（おもしろ）（好玩）
025	汚い（きたな）	形 骯髒；（看上去）雜亂無章，亂七八糟	類 汚らわしい（けが）（汙穢） 對 綺麗（きれい）（漂亮）
026	綺麗（きれい）	形動 漂亮，好看；整潔，乾淨	類 美しい（うつく）（美麗） 對 汚い（きたな）（骯髒）

參考答案 ⑭ 好き（す） ⑮ おいしい ⑯ まずい ⑰ 多かっ（おお）
⑱ 少ない（すく） ⑲ 大きく（おお） ⑳ 小さい（ちい）

□ どんな　色(いろ)が________ですか。
你喜歡什麼顏色呢？

□ この　料理(りょうり)は________ですよ。
這道菜很好吃喔！

□ 冷(つめ)たく　なった　ラーメンは________。
冷掉的拉麵真難吃。

□ 漢字(かんじ)の　テストは　質問(しつもん)が________たです。
漢字小考的題目很多。

□ この　公園(こうえん)は　人(ひと)が________です。
這座公園人煙稀少。

□ 名前(なまえ)は________書(か)きましょう。
名字要寫大大的喔！

□ この________辞書(じしょ)は　誰(だれ)のですか。
這本小辭典是誰的？

□ この　辞書(じしょ)は　厚(あつ)くて________です。
這本辭典又厚又重。

□ この　本(ほん)は　薄(うす)くて________です。
這本書又薄又輕。

□ この　映画(えいが)は________なかった。
這部電影不好看。

□ 大人(おとな)の　本(ほん)は　子(こ)どもには________でしょう。
我想大人看的書對小孩來講很無趣吧！

□ ________部屋(へや)だねえ。掃除(そうじ)して　ください。
真是骯髒的房間啊！請打掃一下。

□ 鈴木(すずき)さんの　自転車(じてんしゃ)は　新(あたら)しくて________です。
鈴木先生的腳踏車又新又漂亮。

㉑ 重(おも)い　㉒ 軽(かる)い　㉓ 面白(おもしろ)く　㉔ つまらない
㉕ 汚(きたな)い　㉖ 綺麗(きれい)

027	静か（しずか）	形動 靜止；平靜，沈穩；慢慢，輕輕，輕聲	類 ひっそり（寂靜） 對 賑やか（にぎやか）（熱鬧）
028	賑やか（にぎやか）	形動 熱鬧，繁華；有說有笑，鬧哄哄	類 繁華（はんか）（熱鬧） 對 静か（しずか）（安靜）
029	上手（じょうず）	形動 （某種技術等）擅長，高明，厲害	類 器用（きよう）（靈巧） 對 下手（へた）（笨拙）
030	下手（へた）	名・形動 （技術等）不高明，不擅長，笨拙	類 まずい（拙劣） 對 上手（じょうず）（高明）
031	狭い（せまい）	形 狹窄，狹小，狹隘	類 小さい（ちいさい）（小） 對 広い（ひろい）（寬大）
032	広い（ひろい）	形 （面積，空間）廣大，寬廣；（幅度）寬闊；（範圍）廣泛	類 大きい（おおきい）（大） 對 狭い（せまい）（窄小）
033	高い（たかい）	形 （價錢）貴；高，高的	類 高価（こうか）（貴） 對 安い（やすい）（便宜）
034	低い（ひくい）	形 低，矮；卑微，低賤	類 短い（みじかい）（短的） 對 高い（たかい）（高的）
035	近い（ちかい）	形 （距離，時間）近，接近；靠近；相似	類 最寄（もより）（最近） 對 遠い（とおい）（遠）
036	遠い（とおい）	形 （距離）遠；（關係）遠，疏遠；（時間間隔）久遠	類 遥か（はるか）（遙遠） 對 近い（ちかい）（近）
037	強い（つよい）	形 強悍，有力；強壯，結實；堅強，堅決	類 逞しい（たくましい）（強壯） 對 弱い（よわい）（軟弱）
038	弱い（よわい）	形 弱的，不擅長	類 か弱い（かよわい）（柔弱） 對 強い（つよい）（強）
039	長い（ながい）	形 （時間、距離）長，長久，長遠	類 長々（ながなが）（長長地） 對 短い（みじかい）（短）

參考答案 27 静か（しずか） 28 賑やか（にぎやか） 29 上手（じょうず） 30 下手（へた） 31 狭い（せまい） 32 広く（ひろく） 33 高い（たかい）

- □ 図書館(としょかん)では＿＿＿＿＿＿に　歩(ある)いて　ください。
  圖書館裡走路請輕聲走路。
- □ この　八百屋(やおや)さんは　いつも＿＿＿＿＿＿ですね。
  這家蔬果店總是很熱鬧呢！
- □ あの　子(こ)は　歌(うた)を＿＿＿＿＿＿に　歌(うた)います。
  那孩子歌唱得很好。
- □ 兄(あに)は　英語(えいご)が＿＿＿＿＿＿です。
  哥哥的英文不好。
- □ ＿＿＿＿＿＿部屋(へや)ですが、いろんな　家具(かぐ)を　置(お)いて　あります。
  房間雖然狹小，但放了各種家具。
- □ 私(わたし)の　アパートは＿＿＿＿＿＿て　静(しず)かです。
  我家公寓既寬敞又安靜。
- □ あの　レストランは　まずくて、＿＿＿＿＿＿です。
  那間餐廳又貴又難吃。
- □ 田中(たなか)さんは　背(せ)が＿＿＿＿＿＿です。
  田中小姐個子矮小。
- □ すみません、図書館(としょかん)は＿＿＿＿＿＿ですか。
  請問一下，圖書館很近嗎？
- □ 駅(えき)から　学校(がっこう)までは＿＿＿＿＿＿ですか。
  車站到學校很遠嗎？
- □ 明日(あした)は　風(かぜ)が＿＿＿＿＿＿でしょう。
  明天風很強吧。
- □ 女(おんな)は　男(おとこ)より　力(ちから)が＿＿＿＿＿＿です。
  女生的力量比男生弱。
- □ この　川(かわ)は　世界(せかい)で　一番(いちばん)＿＿＿＿＿＿川(かわ)です。
  這條河是世界第一長河。

34 低(ひく)い　35 近(ちか)い　36 遠(とお)い　37 強(つよ)い
38 弱(よわ)い　39 長(なが)い

040	みじか 短い	形（時間）短少；（距離，長度等）短，近	類 たん 短（短少） 對 なが 長い（長）
041	ふと 太い	形 粗，肥胖	類 ふと 太め（較粗） 對 ほそ 細い（細瘦）
042	ほそ 細い	形 細，細小；狹窄；微少	類 ほそ 細やか（纖細） 對 ふと 太い（肥胖）
043	むずか 難しい	形 難，困難，難辦;麻煩，複雜	類 なんかい 難解（費解） 對 やさ 易しい（容易）
044	やさしい	形 簡單，容易，易懂	類 たやす 容易い（容易） 對 むずか 難しい（困難）
048	あか 明るい	形 明亮，光明的；鮮明；爽朗	類 あき 明らか（明亮） 對 くら 暗い（暗）
046	くら 暗い	形（光線）暗，黑暗;（顏色）發暗	類 ダーク（dark／暗） 對 あか 明るい（亮）
047	はや 速い	形（速度等）快速	類 すみ 速やか（迅速） 對 おそ 遅い（慢）
048	おそ 遅い	形（速度上）慢，遲緩；（時間上）遲，晚；趕不上	類 のろ 鈍い（緩慢） 對 はや 速い（快）

哪裡不一樣呢？

あか 明るい

指個性活潑或光線明亮。

げんき 元気

指身體有活力。

參考答案 40 みじか 短く　41 ふと 太い　42 ほそ 細い　43 むずか 難しく
44 やさしかっ　45 あか 明るい　46 くら 暗く

□ 暑いから、髪の　毛を＿＿＿＿＿＿＿切った。
因為很熱，所以剪短了頭髮。

□ 大切な　ところに＿＿＿＿＿＿＿線で　引いて　あります。
重點部分有用粗線畫起來。

□ 車は＿＿＿＿＿＿＿道を　通るので、危ないです。
因為車子要開進窄道，所以很危險。

□ この　テストは＿＿＿＿＿＿＿ないです。
這考試不難。

□ テストは＿＿＿＿＿＿＿たです。
考試很簡單。

□ ＿＿＿＿＿＿＿色が　好きです。
我喜歡明亮的顏色。

□ 空が＿＿＿＿＿＿＿なりました。
天空變得昏暗了。

□ バスと　タクシーの　どっちが＿＿＿＿＿＿＿ですか。
巴士和計程車哪個比較快？

□ 山中さんは＿＿＿＿＿＿＿ですね。
山中先生好慢啊！

萬用會話

哦，出來了。
女：あっ、出てきた。

田中小姐是哪個？
男：田中さんってどの人？

穿短裙的那個。她可是一年365天裡頭，355天都穿迷你裙的。
女：あの短いスカートの人よ。彼女は１年３６５日のうち、３55日はミニスカートだよ。

47 速い　　48 遅い

2 其他形容詞

001	暖（あたた）かい／温（あたた）かい	形 溫暖的，溫和的；和睦的，親切的	類 ぽかぽか（暖和） 對 冷（つめ）たい（冰涼）
002	危（あぶ）ない	形 危險，不安全；（形勢，病情等）危急	類 危険（きけん）（危險） 對 安全（あんぜん）（安全）
003	痛（いた）い	形 疼痛；（因為遭受打擊而）痛苦，難過	類 傷（いた）む（疼痛）
004	可愛（かわい）い	形 可愛，討人喜愛；小巧玲瓏	類 愛（いと）しい（可愛） 對 憎（にく）い（可惡）
005	楽（たの）しい	形 快樂，愉快，高興	類 喜（よろこ）ばしい（可喜） 對 苦（くる）しい（痛苦）
006	無（な）い	形 沒，沒有；無，不在	類 無（な）し（沒有） 對 有（あ）る（有）
007	早（はや）い	形（時間等）迅速，早	類 尚早（しょうそう）（尚早） 對 遅（おそ）い（慢）
008	丸（まる）い／円（まる）い	形 圓形，球形	類 球状（きゅうじょう）（球形）
009	安（やす）い	形 便宜，（價錢）低廉	類 安価（あんか）（廉價） 對 高（たか）い（貴）
010	若（わか）い	形 年輕，年紀小，有朝氣	類 若々（わかわか）しい（朝氣蓬勃） 對 老（お）いた（年老的）

哪裡不一樣呢？

あたたかい

指身體上感到的氣溫、溫度等的溫暖。

やさしい

指性情溫柔，也指學習或做事輕而易舉。

參考答案 01 暖（あたた）かっ、暖（あたた）かく 02 危（あぶ）ない 03 痛（いた）い 04 かわいい 05 楽（たの）しかっ 06 ない 07 早（はや）く

- □ 昨日は__________たですが、今日は__________ないです。
  昨天很暖和，但是今天不暖和。
- □ あ、__________！車が　来ますよ。
  啊！危險！有車子來囉！
- □ 午前中から　耳が__________。
  從早上開始耳朵就很痛。
- □ 猫も　犬も__________です。
  貓跟狗都很可愛。
- □ 旅行は__________たです。
  旅行真愉快。
- □ 日本に 4,000 メートルより　高い　山が__________。
  日本沒有高於 4000 公尺的山。
- □ 時間が　ありません。__________して　ください。
  沒時間了。請動作迅速！
- □ __________建物が　あります。
  有棟圓形的建築物。
- □ あの　店の　ケーキは__________て　おいしいですね。
  那家店的蛋糕既便宜又好吃呀。
- □ コンサートは__________人で　いっぱいだ。
  演唱會裡擠滿了年輕人。

新しい

用在事物，表示新的。

若い

用在年齡，表示年紀小的。

08 丸い　09 安く　10 若い

3 其他形容動詞

001	いや 嫌	形動 討厭，不喜歡，不願意；厭煩	類 きら 嫌い（討厭） 對 す 好き（喜歡）
002	いろいろ 色々	形動 各種各樣，各式各樣，形形色色	類 さまざま 様々（形形色色）
003	おな 同じ	形動 相同的，一樣的，同等的；同一個	類 どうよう 同様（同樣）
004	けっこう 結構	形動 很好，漂亮；充份，足夠；（表示否定）不要	類 す ば 素晴らしい（極好）
005	げん き 元気	形動 精神，朝氣；健康；（萬物生長的）元氣	類 けんこう 健康（健康）
006	じょう ぶ 丈夫	形動 （身體）健壯，健康；堅固，結實	類 げん き 元気（精力充沛）
007	だいじょう ぶ 大丈夫	形動 牢固，可靠；放心；沒問題，沒關係	類 あんしん 安心（放心）
008	だい す 大好き	形動 非常喜歡，最喜好	類 す 好き（喜歡） 對 だいきら 大嫌い（最討厭）
009	たいせつ 大切	形動 重要，重視；心愛，珍惜	類 だい じ 大事（重要）
010	たいへん 大変	形動 重大，嚴重，不得了	類 じゅうだい 重大（重大）
011	べん り 便利	形動 方便，便利	類 り べん 利便（便利） 對 ふ べん 不便（不便）
012	ほんとう 本当	名・形動 真正	類 ほんと（真的） 對 うそ 嘘（謊言）
013	ゆうめい 有名	形動 有名，聞名，著名	類 ちょめい 著名（著名） 對 む めい 無名（沒名氣）
014	りっ ぱ 立派	形動 了不起，出色，優秀；漂亮，美觀	類 す てき 素敵（極好） 對 ひんじゃく 貧弱（遜色）

參考答案 01 いや 嫌　02 いろいろ　03 おな 同じ　04 けっこう
05 げん き 元気　06 じょう ぶ 丈夫　07 だいじょう ぶ 大丈夫

□ 今日（きょう）は　暑（あつ）くて＿＿＿＿＿＿ですね。
今天好熱，真討厭。

□ ここでは＿＿＿＿＿＿な　国（くに）の　人（ひと）が　働（はたら）いて　います。
來自各種不同國家的人在這裡工作。

□ ＿＿＿＿＿＿日（ひ）に　6回（ろっかい）も　電話（でんわ）を　かけました。
同一天內打了 6 通之多的電話。

□ ご飯（はん）は　もう＿＿＿＿＿＿です。
我飯已經吃很多了。

□ どの　人（ひと）が　一番（いちばん）＿＿＿＿＿＿ですか。
那個人最精力充沛呢？

□ 体（からだ）が＿＿＿＿＿＿に　なりました。
身體變健康了。

□ 風（かぜ）は　強（つよ）かったですが、服（ふく）を　たくさん　着（き）て　いたから＿＿＿＿＿＿でした。
雖然風很大，但我穿了很多衣服所以沒關係。

□ 妹（いもうと）は　甘（あま）い　ものが＿＿＿＿＿＿です。
妹妹最喜歡吃甜食了。

□ ＿＿＿＿＿＿な　紙（かみ）ですから、失（な）くさないで　ください。
這張紙很重要，請別弄丟了。

□ 「風邪（かぜ）で　頭（あたま）が　痛（いた）いです。」「それは＿＿＿＿＿＿ですね。」
「因為感冒頭很痛。」「那可不得了呀！」

□ この　建物（たてもの）は　エレベーターが　あって＿＿＿＿＿＿です。
這棟建築物有電梯很方便。

□ これは　＿＿＿＿＿＿の　お金（かね）では　ありません。
這不是真鈔。

□ この　ホテルは＿＿＿＿＿＿です。
這間飯店很有名。

□ 私（わたし）は＿＿＿＿＿＿な　医者（いしゃ）に　なりたいです。
我想成為一位出色的醫生。

08 大好き（だいすき）　09 大切（たいせつ）　10 大変（たいへん）　11 便利（べんり）
12 本当（ほんとう）　13 有名（ゆうめい）　14 立派（りっぱ）

1 意思相對的

001	飛ぶ	自五 飛，飛行，飛翔	類 飛行する（飛行）
002	歩く	自五 走路，步行	類 歩む（行走） 對 走る（奔跑）
003	入れる	他下一 放入，裝進；送進，收容	類 しまう（收起來） 對 出す（拿出）
004	出す	他五 拿出，取出；伸出；寄	類 差し出す（交出） 對 受ける（得到）
005	行く／行く	自五 去，往；行，走；離去；經過，走過	類 出かける（出門） 對 来る（來）
006	来る	自カ （空間，時間上的）來，到來	類 訪れる（到來） 對 行く（去）
007	売る	他五 賣，販賣；出賣	類 商う（營商） 對 買う（買）
008	買う	他五 購買	類 購う（購買） 對 売る（賣）
009	押す	他五 推，擠；壓，按	類 後押し（從後面推） 對 引く（拉）
010	引く	他五 拉，拖；翻查；感染	類 引き寄せる（拉近） 對 押す（推）
011	降りる	自上一 （從高處）下來，降落；（從車，船等）下來；（霜雪等）落下	類 下る（下去） 對 上がる（登上）
012	乗る	自五 騎乘，坐；登上	類 乗り込む（坐上） 對 降りる（下來）
013	貸す	他五 借出，借給；出租；提供（智慧與力量）	類 使わせる（讓對方用） 對 借りる（借）

參考答案 01 飛ん　02 歩き　03 入れ　04 出し　05 行き　06 来る　07 売っ

☐ 南(みなみ)の　ほうへ　鳥(とり)が______で　いきました。
鳥往南方飛去了。

☐ 歌(うた)を　歌(うた)いながら______ましょう。
一邊唱歌一邊走吧！

☐ 青(あお)い　ボタンを　押(お)して　から、テープを______ます。
按下藍色按鈕後，再放入錄音帶。

☐ きのう　友達(ともだち)に　手紙(てがみ)を______ました。
昨天寄了封信給朋友。

☐ 大山(おおやま)さんが　アメリカに______ました。
大山先生去了美國。

☐ 山中(やまなか)さんは　もう　すぐ______でしょう。
山中先生就快來了吧！

☐ この　本屋(ほんや)は　音楽(おんがく)の　雑誌(ざっし)を______て　いますか。
這間書店販賣音樂雜誌嗎？

☐ 本屋(ほんや)で　本(ほん)を______ました。
在書店買了書。

☐ 白(しろ)い　ボタンを______て　から、テープを　入(い)れます。
按下白色按鍵之後，再放入錄音帶。

☐ 風邪(かぜ)を______ました。ご飯(はん)を　あまり　食(た)べたく　ないです。
我得了感冒。不大想吃飯。

☐ ここで　バスを______ます。
我在這裡下公車。

☐ ここで　タクシーに______ます。
我在這裡搭計程車。

☐ 辞書(じしょ)を______て　ください。
請借我辭典。

08 買(か)い　09 押(お)し　10 引(ひ)き　11 降(お)り
12 乗(の)り　13 貸(か)し

014	借(か)りる	他上一 借（進來）；借助；租用，租借	類 借(か)り入(い)れる（借入） 對 貸(か)す（借出）
015	座(すわ)る	自五 坐，跪座	類 着席(ちゃくせき)する（就座） 對 立(た)つ（站立）
016	立(た)つ	自五 站立；冒，升；出發	類 起(お)きる（立起來） 對 座(すわ)る（坐）
017	食(た)べる	他下一 吃，喝	類 食(く)う（吃） 對 飲(の)む（喝）
018	飲(の)む	他五 喝，吞，嚥，吃（藥）	類 吸(す)う（吸）
019	出掛(でか)ける	自下一 出去，出門；要出去；到…去	類 外出(がいしゅつ)する（外出）
020	帰(かえ)る	自五 回來，回去；回歸；歸還	類 戻(もど)る（回家） 對 行(い)く（去）
021	出(で)る	自下一 出來，出去，離開	類 現(あらわ)れる（出現） 對 入(はい)る（進入）
022	入(はい)る	自五 進，進入，裝入	類 入(い)る（進入） 對 出(で)る（出去）
023	起(お)きる	自上一（倒著的東西）起來，立起來；起床	類 目覚(めざ)める（睡醒） 對 寝(ね)る（睡覺）
024	寝(ね)る	自下一 睡覺，就寢；躺，臥	類 眠(ねむ)る（睡覺） 對 起(お)きる（起床）
025	脱(ぬ)ぐ	他五 脫去，脫掉，摘掉	類 脱衣(だつい)（脫衣） 對 着(き)る（穿）
026	着(き)る	他上一 穿（衣服）	類 着用(ちゃくよう)する（穿） 對 脱(ぬ)ぐ（脫）

參考答案 ⑭ 借(か)り　⑮ 座(すわ)っ　⑯ 立(た)っ　⑰ 食(た)べ
⑱ 飲(の)ん　⑲ 出(で)かけ　⑳ 帰(かえ)る

□ 銀行から　お金を＿＿＿＿＿＿た。
我向銀行借了錢。

□ どうぞ、こちらに＿＿＿＿＿＿て　ください。
歡迎歡迎，請坐這邊。

□ 家の　前に　女の　人が＿＿＿＿＿＿て　いた。
家門前站了個女人。

□ レストランで　千円の　魚料理を＿＿＿＿＿＿ました。
在餐廳裡吃了一道千元的鮮魚料理。

□ 毎日、薬を＿＿＿＿＿＿で　ください。
請每天服藥。

□ 毎日　7時に＿＿＿＿＿＿ます。
每天7點出門。

□ 昨日　うちへ＿＿＿＿＿＿とき、会社で　友達に　傘を　借りました。
昨天回家的時候，在公司向朋友借了把傘。

□ 7時に　家を＿＿＿＿＿＿ます。
7點出門。

□ その　部屋に＿＿＿＿＿＿ないで　ください。
請不要進去那房間。

□ 毎朝　6時に＿＿＿＿＿＿ます。
每天早上6點起床。

□ 疲れるから、家に　帰って　すぐに＿＿＿＿＿＿ます。
因為很累，所以回家後馬上就去睡。

□ コート＿＿＿＿＿＿で　から、部屋に　入ります。
脱掉外套後進房間。

□ 寒いので　たくさん　服を＿＿＿＿＿＿ます。
因為天氣很冷，所以穿很多衣服。

㉑ 出　㉒ 入ら　㉓ 起き　㉔ 寝
㉕ 脱い　㉖ 着

027	休（やす）む	自五 休息，歇息；停歇；睡，就寢	類 休息（きゅうそく）する（休息） 對 働（はたら）く（工作）
028	働（はたら）く	自五 工作，勞動，做工	類 労働（ろうどう）する（工作） 對 休（やす）む（休息）
029	生（う）まれる	自下一 出生；出現	類 誕生（たんじょう）する（誕生） 對 死（し）ぬ（死亡）
030	死（し）ぬ	自五 死亡；停止活動	類 死亡（しぼう）する（死亡） 對 生（う）まれる（出生）
031	覚（おぼ）える	他下一 記住，記得；學會，掌握	類 記憶（きおく）する（記憶） 對 忘（わす）れる（忘記）
032	忘（わす）れる	他下一 忘記，忘掉；忘懷，忘卻；遺忘	類 遺忘（いぼう）する（遺忘） 對 覚（おぼ）える（記住）
033	教（おし）える	他下一 指導，教導；教訓；指教，告訴	類 教授（きょうじゅ）する（教學） 對 習（なら）う（學習）
034	習（なら）う	他五 學習，練習	類 学（まな）ぶ（學習） 對 教（おし）える（教授）
035	読（よ）む	他五 閱讀，看；唸，朗讀	類 閲読（えつどく）する（閱讀） 對 書（か）く（書寫）
036	書（か）く	他五 寫，書寫；作（畫）；寫作（文章等）	類 記（しる）す（書寫） 對 読（よ）む（閱讀）
037	描（か）く	他五 畫，繪製；描寫，描繪	
038	分（わ）かる	自五 知道，明白；懂，會，瞭解	類 理解（りかい）する（明白）
039	困（こま）る	自五 感到傷腦筋，困擾；難受，苦惱；沒有辦法	類 悩（なや）む（為難）
040	聞（き）く	他五 聽；聽說，聽到；聽從	類 聞（き）こえる（聽見）
041	話（はな）す	他五 說，講；告訴（別人），敘述	類 言（い）う（說）

答案 ㉗ 休（やす）み　㉘ 働（はたら）い　㉙ 生（う）まれ　㉚ 死（し）に
㉛ 覚（おぼ）え　㉜ 忘（わす）れ　㉝ 教（おし）え

□ 疲れたから、ちょっと＿＿＿＿＿＿ましょう。
有點累了，休息一下吧。

□ 山田夫婦は　いつも　一生懸命＿＿＿＿＿＿て　いますね。
山田夫妻兩人總是很賣力地工作呀！

□ その　女の子は　外国で＿＿＿＿＿＿ました。
那女孩出生在國外。

□ 私の　おじいさんは　10月に＿＿＿＿＿＿ました。
我的爺爺在 10 月過世了。

□ 日本の　歌を　たくさん＿＿＿＿＿＿ました。
我學會了很多日本歌。

□ 彼女の　電話番号を＿＿＿＿＿＿た。
我忘了她的電話號碼。

□ 山田さんは　日本語を＿＿＿＿＿＿て　います。
山田先生在教日文。

□ 李さんは　日本語を＿＿＿＿＿＿て　います。
李小姐在學日語。

□ 私は　毎日　コーヒーを　飲みながら、新聞を＿＿＿＿＿＿ます。
我每天邊喝咖啡邊看報紙。

□ 試験を　始めますが、最初に　名前を＿＿＿＿＿＿て　ください。
考試即將開始，請先寫姓名。

□ 絵を　＿＿＿＿＿＿。
畫圖。

□ 「この　花は　あそこに　おいて　ください。」「はい、＿＿＿＿＿＿ました。」
「請把這束花放在那裡。」「好，我知道了。」

□ お金が　なくて、＿＿＿＿＿＿て　います。
沒有錢真傷腦筋。

□ 宿題を　した　後で、音楽を＿＿＿＿＿＿ます。
寫完作業後，聽音樂。

□ 食べながら、＿＿＿＿＿＿ないで　ください。
請不要邊吃邊講話。

34 習っ　35 読み　36 書い　37 描く
38 分かり　39 困っ　40 聞き　41 話さ

2 有自他動詞的

001	開く	自五 打開，開（著）；開業	類 開く（開） 對 閉まる（關閉）
002	開ける	他下一 打開；開始	類 開く（開） 對 閉める（關閉）
003	掛かる	自五 懸掛，掛上；覆蓋	類 ぶら下がる
004	掛ける	他下一 掛在（牆壁）；戴上（眼鏡）；捆上	類 垂らす（垂）
005	消える	自下一（燈，火等）熄滅；（雪等）融化；消失，看不見	類 無くなる（不見）
006	消す	他五 熄掉，撲滅；關掉，弄滅；消失，抹去	類 消し止める（撲滅） 對 燃やす（燃燒）
007	閉まる	自五 關閉	類 閉じる（關閉） 對 開く（開）
008	閉める	他下一 關閉，合上；繫緊，束緊	類 閉じる（關閉） 對 開ける（打開）
009	並ぶ	自五 並排，並列，對排	類 連なる（成列）
010	並べる	他下一 排列，陳列；擺，擺放	類 連ねる（成列）
011	始まる	自五 開始，開頭；發生	類 スタート（start／開始） 對 終わる（結束）
012	始める	他下一 開始，創始	類 開始する（開始） 對 終わる（結束）

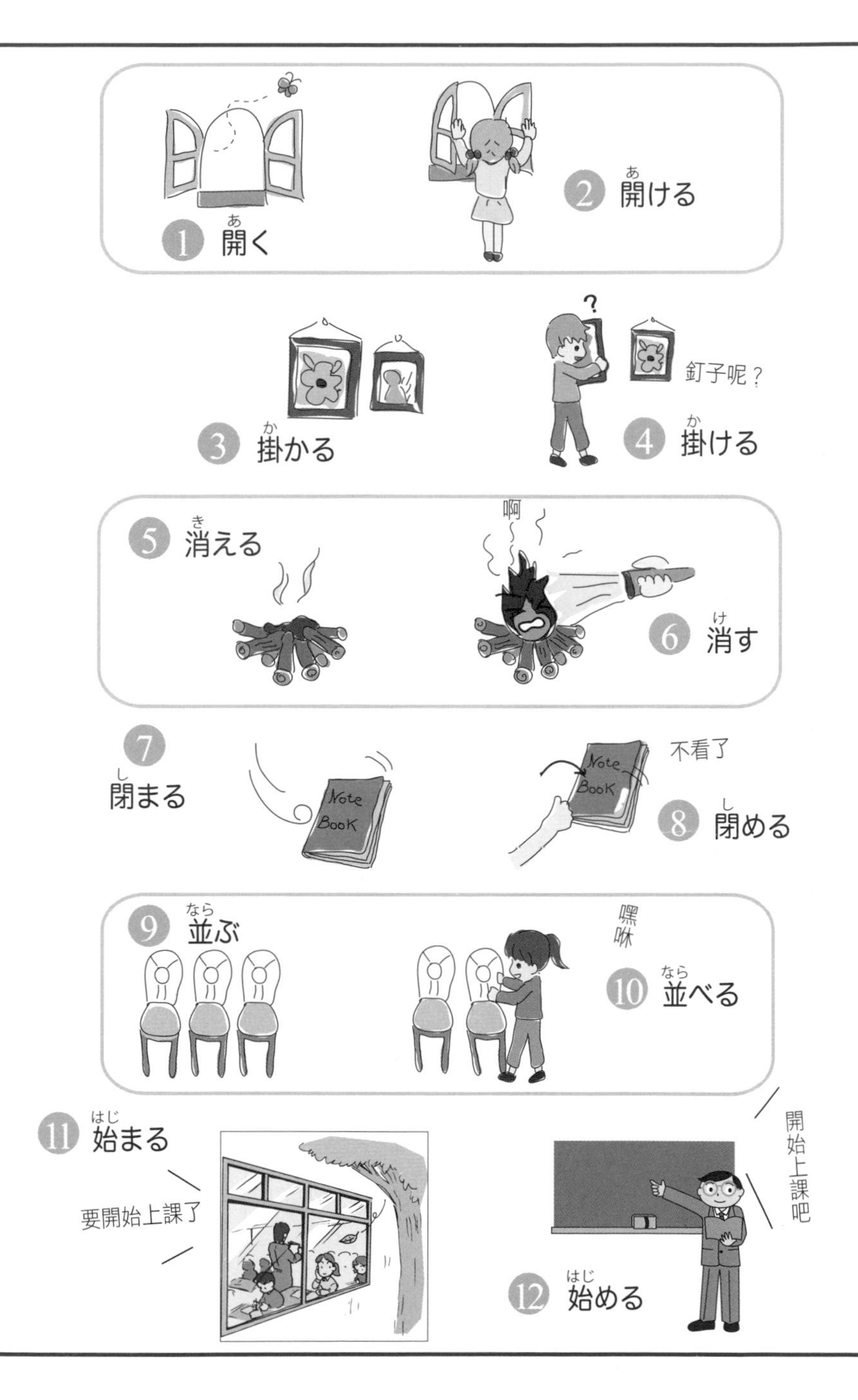
① 開く（あ）
② 開ける（あ）
③ 掛かる（か）
④ 掛ける（か）
釘子呢？
?
⑤ 消える（き）
⑥ 消す（け）
啊
⑦ 閉まる（し）
⑧ 閉める（し）
Note Book
不看了
⑨ 並ぶ（なら）
⑩ 並べる（なら）
嘿咻
⑪ 始まる（はじ）
要開始上課了
⑫ 始める（はじ）
開始上課吧

001	開(あ)く	打開，開（著）；開業
002	開(あ)ける	打開；開始
003	掛(か)かる	懸掛，掛上；覆蓋
004	掛(か)ける	掛在（牆壁）；戴上（眼鏡）；捆上
005	消(き)える	（燈，火等）熄滅；（雪等）融化；消失，看不見
006	消(け)す	熄掉，撲滅；關掉，弄滅；消失，抹去
007	閉(し)まる	關閉
008	閉(し)める	關閉，合上；繫緊，束緊
009	並(なら)ぶ	並排，並列，對排
010	並(なら)べる	排列，陳列；擺，擺放
011	始(はじ)まる	開始，開頭；發生
012	始(はじ)める	開始，創始

我想學的單字

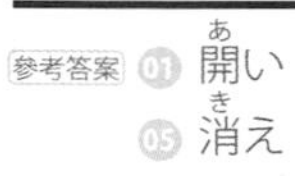

參考答案 01 開(あ)い　02 開(あ)け　03 掛(か)かっ　04 掛(か)け
05 消(き)え　06 消(け)し　07 閉(し)まっ

□ 日曜日、食堂が＿＿＿＿＿＿＿＿て　います。
星期日餐廳有營業。

□ ドアを＿＿＿＿＿＿＿＿て　ください。
請把門打開。

□ 壁に　絵が＿＿＿＿＿＿＿＿て　います。
牆上掛著畫。

□ ここに　鏡を＿＿＿＿＿＿＿＿ましょう。
鏡子掛在這裡吧！

□ 風で　ろうそくが＿＿＿＿＿＿＿＿ました。
風將燭火給熄滅了。

□ 地震の　ときは　すぐ　火を＿＿＿＿＿＿＿＿ましょう。
地震的時候趕緊關火吧！

□ 強い　風で　窓が＿＿＿＿＿＿＿＿た。
窗戶因強風而關上了。

□ ドアが　閉まって　いません。＿＿＿＿＿＿＿＿て　ください。
門沒關，請把它關上。

□ 私と　彼女が　二人＿＿＿＿＿＿＿＿で　立って　いる。
我和她兩人一起並排站著。

□ 玄関に　スリッパを＿＿＿＿＿＿＿＿た。
我在玄關的地方擺放了室內拖鞋。

□ もうすぐ　夏休みが＿＿＿＿＿＿＿＿ます。
暑假即將開始。

□ 1時に　なりました。それでは　テストを＿＿＿＿＿＿＿＿ます。
1點了。那麼開始考試。

08 閉め　09 並ん　10 並べ　11 始まり
12 始め

3 する動詞

001	する	他サ 做，進行	類 やる（做）
002	洗濯（せんたく）・する	名・他サ 洗衣服，清洗，洗滌	類 洗う（あらう）（洗）
003	掃除（そうじ）・する	名・他サ 打掃，清掃，掃除	類 清掃（せいそう）する（清掃）
004	旅行（りょこう）・する	名・自サ 旅行，旅遊，遊歷	類 旅（たび）（旅行）
005	散歩（さんぽ）・する	名・自サ 散步，隨便走走	類 散策（さんさく）する（散步）
006	勉強（べんきょう）・する	名・他サ 努力學習，唸書	類 学習（がくしゅう）する（學習）
007	練習（れんしゅう）・する	名・他サ 練習，反覆學習	類 習練（しゅうれん）する（反覆練習）
008	結婚（けっこん）・する	名・自サ 結婚	類 嫁ぐ（とつぐ）（出嫁） 對 離婚（りこん）する（離婚）
009	質問（しつもん）・する	名・自サ 提問，問題，疑問；問題，考題	類 尋ねる（たずねる）（詢問） 對 答える（こたえる）（回答）

哪裡不一樣呢？

する

做某事。

なる

成為某事物或狀態。

參考答案 01 し 02 洗濯（せんたく） 03 掃除（そうじ） 04 旅行（りょこう） 05 散歩（さんぽ） 06 勉強（べんきょう） 07 練習（れんしゅう）

□ 昨日(きのう)、スポーツを＿＿＿＿＿＿ました。
昨天做了運動。

□ 昨日(きのう)＿＿＿＿＿＿を　しました。
昨天洗了衣服。

□ 私(わたし)が＿＿＿＿＿＿を　しましょうか。
我來打掃好嗎？

□ 外国(がいこく)に＿＿＿＿＿＿に　行(い)きます。
我要去外國旅行。

□ 私(わたし)は　毎朝(まいあさ)　公園(こうえん)を＿＿＿＿＿＿します。
我每天早上都去公園散步。

□ 金(キム)さんは　日本語(にほんご)を＿＿＿＿＿＿して　います。
金小姐在學日語。

□ 何度(なんど)も　発音(はつおん)の＿＿＿＿＿＿を　したから、発音(はつおん)は　きれいに　なった。
因為不斷地練習發音，所以發音變漂亮了。

□ 兄(あに)は　今(いま)　３５歳(さんじゅうごさい)で＿＿＿＿＿＿して　います。
哥哥現在是 35 歲，已結婚。

□ 英語(えいご)の　テストは＿＿＿＿＿＿が　難(むずか)しかったです。
英文測驗的題目好難。

萬用會話

浴缸應該每天打掃。
女(おんな)：お風呂(ふろ)の掃除(そうじ)は毎日(まいにち)したほうがいいですよ。

呵呵，每天那太辛苦了吧。
男(おとこ)：へえ、毎日(まいにち)するのは大変(たいへん)でしょう。

洗完澡後，用熱水清洗就很簡單啊。
女(おんな)：お風呂(ふろ)の後(あと)、お湯(ゆ)で掃除(そうじ)するから、簡単(かんたん)ですよ。

08 結婚(けっこん)　09 質問(しつもん)

4 其他動詞

編號	單字	詞性・意思	類・對
001	会(あ)う	自五 見面，遇見，碰面	類 面会(めんかい)する（會面）
002	上(あ)げる／挙(あ)げる	他下一 送給；舉起	類 持(も)ち上(あ)げる（抬起） 對 下(お)ろす（放下）
003	遊(あそ)ぶ	自五 遊玩；遊覽，消遣	類 浮(う)かれる（快活）
004	浴(あ)びる	他上一 淋，浴，澆；照，曬	類 浴(よく)する（淋浴）
005	洗(あら)う	他五 沖洗，清洗；（徹底）調查，查（清）	類 濯(すす)ぐ（洗滌）
006	在(あ)る	自五 在，存在	類 存(そん)する（存在） 對 無(な)い（沒有）
007	有(あ)る	自五 有，持有，具有	類 持(も)つ（持有） 對 無(な)い（沒有）
008	言(い)う	他五 說，講；說話，講話	類 話(はな)す（說）
009	居(い)る	自上一（人或動物的存在）有，在；居住，逗留	類 いらっしゃる（“敬”在）
010	要(い)る	自五 要，需要，必要	類 必要(ひつよう)（必要）
011	歌(うた)う	他五 唱歌；歌頌	類 歌唱(かしょう)する（歌唱）
012	置(お)く	他五 放，放置；降，下	類 位置(いち)させる（放置）
013	泳(およ)ぐ	自五（人，魚等在水中）游泳；穿過，度過	類 水泳(すいえい)する（游泳）
014	終(お)わる	自五 完畢，結束，終了	類 済(す)む（結束） 對 始(はじ)まる（開始）

參考答案 01 会(あ)い　02 上(あ)げ　03 遊(あそ)ば　04 浴(あ)び
05 洗(あら)い　06 あり　07 あり

☐ 大山さんと　駅で＿＿＿＿＿＿＿＿ました。
我在車站與大山先生碰了面。

☐ わかった　人は　手を＿＿＿＿＿＿＿＿て　ください。
知道的人請舉手。

☐ ここで＿＿＿＿＿＿＿＿ないで　ください。
請不要在這裡玩耍。

☐ シャワーを＿＿＿＿＿＿＿＿た後で　朝ご飯を　食べました。
沖完澡後吃了早餐。

☐ 昨日　洋服を＿＿＿＿＿＿＿＿ました。
我昨天洗了衣服。

☐ トイレは　あちらに＿＿＿＿＿＿＿＿ます。
廁所在那邊。

☐ 春休みは　どのぐらい＿＿＿＿＿＿＿＿ますか。
春假有多久呢？

☐ 山田さんは「家内と　いっしょに　行きました」と＿＿＿＿＿＿＿＿ました。
山田先生說了「我跟太太一起去了」。

☐ どのぐらい　東京に＿＿＿＿＿＿＿＿ますか。
你要待在東京多久？

☐ 郵便局へ　行きますが、林さんは　何か＿＿＿＿＿＿＿＿ますか。
我要去郵局，林先生需要我幫忙辦些什麼事？

☐ 毎週　1回、カラオケで＿＿＿＿＿＿＿＿ます。
每週唱一次卡拉 OK。

☐ 机の　上に　本を＿＿＿＿＿＿＿＿ないで　ください。
桌上請不要放書。

☐ 私は　夏に　海で＿＿＿＿＿＿＿＿たいです。
夏天我想到海邊游泳。

☐ パーティーは　9時に＿＿＿＿＿＿＿＿ます。
派對在 9 點結束。

08 言い　09 居　10 いり　11 歌い
12 置か　13 泳ぎ　14 終わり

015	返(かえ)す	他五 還，歸還，退還；送回（原處）	類 戻(もど)す（歸還） 對 借(か)りる（借）
016	掛(か)ける	他下一 打電話	
017	被(かぶ)る	他五 戴（帽子等）；（從頭上）蒙，蓋（被子）；（從頭上）套，穿	類 覆(おお)う（覆蓋）
018	切(き)る	他五 切，剪，裁剪；切傷	類 切断(せつだん)する（切斷）
019	下(くだ)さい	補助（表請求對方作）請給（我）；請…	類 ちょうだい（請…）
020	答(こた)える	自下一 回答，答覆，解答	類 返事(へんじ)する（回答）
021	咲(さ)く	自五 開（花）	類 開(ひら)く（開）
022	差(さ)す	他五 撐（傘等）；插	類 翳(かざ)す（舉到頭上）
023	締(し)める	他下一 勒緊；繫著	類 引(ひ)き締(し)める（勒緊）
024	知(し)る	他五 知道，得知；理解；認識；學會	類 気付(きづ)く（察覺）
025	吸(す)う	他五 吸，抽；啜；吸收	類 吸(す)い込(こ)む（吸入） 對 吐(は)く（吐出）
026	住(す)む	自五 住，居住；（動物）棲息，生存	類 居住(きょじゅう)する（居住）
027	頼(たの)む	他五 請求，要求；委託，託付；依靠	類 依頼(いらい)する（委託）
028	違(ちが)う	自五 不同，不一樣；不對，錯誤；違反，不符	類 違(ちが)える（弄錯） 對 同(おな)じ（一樣）

參考答案 ⑮ 返(かえ)し ⑯ 掛(か)け ⑰ かぶっ ⑱ 切(き)っ ⑲ ください ⑳ 答(こた)え ㉑ 咲(さ)い

□ 図書館（としょかん）へ　本（ほん）を＿＿＿＿＿＿に　行（い）きます。
我去圖書館還書。

□ 6時（ろくじ）ごろ　大学（だいがく）の　先生（せんせい）に　電話（でんわ）を＿＿＿＿＿＿ました。
6點左右我打了電話給大學老師。

□ あの　帽子（ぼうし）を＿＿＿＿＿＿て　いる　人（ひと）が　田中（たなか）さんです。
那個戴著帽子的人就是田中先生。

□ ナイフで　スイカを＿＿＿＿＿＿た。
用刀切開了西瓜。

□ 部屋（へや）を　きれいに　して＿＿＿＿＿＿。
請把房間整理乾淨。

□ 山田君（やまだくん）、この　質問（しつもん）に＿＿＿＿＿＿て　ください。
山田同學，請回答這個問題。

□ 公園（こうえん）に　桜（さくら）の　花（はな）が＿＿＿＿＿＿て　います。
公園裡綻放著櫻花。

□ 雨（あめ）だ。傘（かさ）を＿＿＿＿＿＿ましょう。
下雨了，撐傘吧。

□ 車（くるま）の　中（なか）では、シートベルトを＿＿＿＿＿＿て　ください。
車子裡請繫上安全帶。

□ 新聞（しんぶん）で　明日（あした）の　天気（てんき）を＿＿＿＿＿＿た。
看報紙得知了明天的天氣。

□ 山（やま）へ　行（い）って、きれいな　空気（くうき）を＿＿＿＿＿＿たいですね。
好想去山上吸收新鮮空氣啊。

□ みんな　この　ホテルに＿＿＿＿＿＿で　います。
大家都住在這間飯店。

□ 男（おとこ）の人（ひと）が　飲（の）み物（もの）を＿＿＿＿＿＿で　います。
男人正在點飲料。

□ 「これは　山田（やまだ）さんの　傘（かさ）ですか。」「いいえ、＿＿＿＿＿＿ます。」
「這是山田小姐的傘嗎？」「不，不是。」

㉒ さし　㉓ 締（し）め　㉔ 知（し）っ　㉕ 吸（す）い
㉖ 住（す）ん　㉗ 頼（たの）ん　㉘ 違（ちが）い

編號	假名	單字	詞性・中譯	類・對
029	つか	使う	他五 使用；雇傭；花費	類 使用（しよう）する（使用）
030	つか	疲れる	自下一 疲倦，疲勞	類 くたびれる（疲勞）
031	つ	着く	自五 到，到達，抵達；寄到	類 到着（とうちゃく）する（抵達）
032	つく	作る	他五 做，造；創造；寫，創作	類 製作（せいさく）する（製作）
033	つ	点ける	他下一 點（火），點燃；扭開（開關），打開	類 点火（てんか）する（點火） 對 消（け）す（關掉）
034	つと	勤める	自下一 工作，任職；擔任（某職務）	類 出勤（しゅっきん）する（上班）
035	でき	出来る	自上一 能，可以，辦得到；做好，做完	類 出来上（できあ）がる（完成）
036	と	止まる	自五 停，停止，停靠；停息，停頓	類 停止（ていし）する（停止） 對 進（すす）む（前進）
037	と	取る	他五 拿取，執，握；採取，摘；（用手）操控	類 掴（つか）む（抓住）
038	と	撮る	他五 拍照，拍攝	類 撮影（さつえい）する（攝影）
039	な	鳴く	自五（鳥，獸，虫等）叫，鳴	類 唸（うな）る（吼）
040	な	無くす	他五 丟失；喪失	類 失（うしな）う（失去）
041	な	為る	自五 變得，變成；當（上）	類 変（か）わる（變成）
042	のぼ	登る	自五 登，上；攀登（山）	類 上（あ）がる（上升） 對 下（くだ）る（下來）

參考答案 ㉙ 使（つか）い、使（つか）い　㉚ 疲（つか）れ　㉛ 着（つ）き　㉜ 作（つく）り　㉝ 点（つ）け　㉞ 勤（つと）め　㉟ でき

□ 和食は　お箸を＿＿＿＿＿＿、洋食は　フォークと　ナイフを＿＿＿＿＿＿ます。
日本料理用筷子，西洋料理則用餐叉和餐刀。

□ 1日中　仕事を　して、＿＿＿＿＿＿ました。
工作了一整天，真是累了。

□ 毎日　7時に＿＿＿＿＿＿ます。
每天 7 點抵達。

□ 昨日　料理を＿＿＿＿＿＿ました。
我昨天做了菜。

□ 部屋の　電気を＿＿＿＿＿＿ました。
我打開了房間的電燈。

□ 私は　銀行に　35年間＿＿＿＿＿＿ました。
我在銀行工作了 35 年。

□ 山田さんは　ギターも　ピアノも＿＿＿＿＿＿ますよ。
山田小姐既會彈吉他又會彈鋼琴呢。

□ 次の　電車は　学校の　近くに＿＿＿＿＿＿ませんから、乗らないで　ください。
下班車不停靠學校附近，所以請不要搭乘。

□ 田中さん、その　新聞を＿＿＿＿＿＿て　ください。
田中先生，請幫我拿那份報紙。

□ ここで　写真を＿＿＿＿＿＿たいです。
我想在這裡拍照。

□ 木の　上で　鳥が＿＿＿＿＿＿て　います。
鳥在樹上叫。

□ 大事な　ものだから、＿＿＿＿＿＿ないで　ください。
因為東西貴重，所以請不要弄丟了。

□ 天気は　暖かく＿＿＿＿＿＿ました。
天氣變暖和了。

□ 私は　友達と　山に＿＿＿＿＿＿ました。
我和朋友去爬了山。

36 止まり　37 取っ　38 撮り　39 鳴い
40 なくさ　41 なり　42 登り

043	履(は)く／穿(は)く	他五 穿（鞋，襪；褲子等）	類 着(つ)ける（穿上）
044	走(はし)る	自五（人，動物）跑步，奔跑；（車，船等）行駛	類 駆(か)ける（奔跑） 對 歩(ある)く（走路）
045	貼(は)る	他五 貼上，糊上，黏上	類 くっ付(つ)ける（黏在一起）
046	弾(ひ)く	他五 彈，彈奏，彈撥	類 撥(は)ねる（彈射）
047	吹(ふ)く	自五（風）刮，吹；（緊縮嘴唇）吹氣	類 吹(ふ)き込(こ)む（吹入）
048	降(ふ)る	自五 落，下，降（雨，雪，霜等）	類 落(お)ちてくる（落下）
049	曲(ま)がる	自五 彎曲；拐彎	類 折(お)れる（轉彎）
050	待(ま)つ	他五 等候，等待；期待，指望	類 待(ま)ち合(あ)わせる（等候碰面）
051	磨(みが)く	他五 刷洗，擦亮；研磨，琢磨	類 擦(こす)る（摩擦）
052	見(み)せる	他下一 讓…看，給…看；表示，顯示	類 示(しめ)す（出示）
053	見(み)る	他上一 看，觀看，察看；照料；參觀	類 眺(なが)める（眺望）
054	申(もう)す	他五 叫做，稱；說，告訴	類 言(い)う（說）
055	持(も)つ	他五 拿，帶，持，攜帶	類 携(たずさ)える（攜帶）
056	やる	他五 做，幹；派遣，送去；維持生活；開業	類 する（做）

參考答案 ㊸ 穿(は)い ㊹ 走(はし)り ㊺ 貼(は)っ ㊻ 弾(ひ)い
㊼ 吹(ふ)い ㊽ 降(ふ)っ ㊾ 曲(ま)がり

- □ 田中(たなか)さんは　今日(きょう)は　青(あお)い　ズボンを＿＿＿＿＿＿て　います。
  田中先生今天穿藍色的褲子。
- □ 毎日(まいにち)　どれぐらい＿＿＿＿＿＿ますか。
  每天大概跑多久？
- □ 封筒(ふうとう)に　切手(きって)を＿＿＿＿＿＿て　出(だ)します。
  在信封上貼上郵票後寄出。
- □ ギターを＿＿＿＿＿＿て　いる　人(ひと)は　李(リー)さんです。
  那位在彈吉他的人是李先生。
- □ 今日(きょう)は　風(かぜ)が　強(つよ)く＿＿＿＿＿＿て　います。
  今天風刮得很強。
- □ 雨(あめ)が＿＿＿＿＿＿て　いる　から、今日(きょう)は　出(で)かけません。
  因為下雨，所以今天不出門。
- □ この　角(かど)を　右(みぎ)に＿＿＿＿＿＿ます。
  在這個轉角右轉。
- □ いっしょに＿＿＿＿＿＿ましょう。
  一起等吧！
- □ 体(からだ)を　洗(あら)う　前(まえ)に、歯(は)を＿＿＿＿＿＿ます。
  洗澡前先刷牙。
- □ 先週(せんしゅう)　友達(ともだち)に　母(はは)の　写真(しゃしん)を＿＿＿＿＿＿ました。
  上禮拜拿了媽媽的照片給朋友看。
- □ 朝(あさ)ご飯(はん)の　後(あと)で　テレビを＿＿＿＿＿＿ました。
  早餐後看了電視。
- □ はじめまして、楊(よう)と＿＿＿＿＿＿ます。
  初次見面，我的名字叫做楊。
- □ あなたは　お金(かね)を＿＿＿＿＿＿て　いますか。
  你有帶錢嗎？
- □ 日曜日(にちようび)、食堂(しょくどう)は＿＿＿＿＿＿て　います。
  禮拜日餐廳有營業。

50 待(ま)ち　51 磨(みが)き　52 見(み)せ　53 見(み)
54 申(もう)し　55 持(も)っ　56 やっ

057	呼(よ)ぶ	他五 呼叫，招呼；喚來，叫來；叫做，稱為；邀請	類 招(まね)く（招呼）
058	渡(わた)す	他五 交給，交付	類 手渡(てわた)す（親手交給）
059	渡(わた)る	自五 渡，過（河）；（從海外）渡來	類 越(こ)える（越過）

哪裡不一樣呢？

疲(つか)れる

喪失體力和精神。

無(な)くす・失(な)くす

喪失所持事物。

渡(わた)す

交給他人。

渡(わた)る

越過某地到另一側。

參考答案 57 呼(よ)び　58 渡(わた)し　59 渡(わた)る

□ パーティーに　中山(なかやま)さんを＿＿＿＿＿＿＿ました。
我邀請了中山小姐來參加派對。

□ 兄(あに)に　新聞(しんぶん)を＿＿＿＿＿＿＿た。
我拿了報紙給哥哥。

□ この　川(かわ)を＿＿＿＿＿＿＿と　東京(とうきょう)です。
走過這條河就是東京。

萬用會話

你會邀多少人參加你的生日聚會呀？
母(はは)：お誕生日(たんじょうび)パーティーに何人(なんにん)呼(よ)ぶの？

8男1女。
桜(さくら)：男(おとこ)の子(こ)８人(にん)と女(おんな)の子(こ)一人(ひとり)。

唷，男孩不少嘛。
母(はは)：まあ、男(おとこ)の子(こ)が多(おお)いのね。

對啊！和男孩一起玩比較有趣嘛。
桜(さくら)：うん。男(おとこ)の子(こ)と遊(あそ)ぶほうが楽(たの)しいから。

1 時候

001	一昨日（おととい）	名 前天	類 一昨日（いっさくじつ）（前天）
002	昨日（きのう）	名 昨天；近來，最近；過去	類 昨日（さくじつ）（昨天）
003	今日（きょう）	名 今天	類 本日（ほんじつ）（本日）
004	今（いま）	名 現在，此刻；（表最近的將來）馬上；剛才	類 現在（げんざい）（現在）
005	明日（あした）	名 明天	類 明日（あす）（明天）
006	明後日（あさって）	名 後天	類 明後日（みょうごにち）（後天）
007	毎日（まいにち）	名 每天，每日，天天	類 日（ひ）ごと（天天）
008	朝（あさ）	名 早上，早晨	類 午前（ごぜん）（上午） 對 夕（ゆう）（傍晚）
009	今朝（けさ）	名 今天早上	類 今朝（こんちょう）（今早）
010	毎朝（まいあさ）	名 每天早上	類 毎朝（まいちょう）（每天早上）
011	昼（ひる）	名 中午；白天，白晝；午飯	類 昼間（ひるま）（白天） 對 夜（よる）（晚上）
012	午前（ごぜん）	名 上午，午前	類 上午（じょうご）（上午） 對 午後（ごご）（下午）
013	午後（ごご）	名 下午，午後，後半天	類 下午（かご）（下午） 對 午前（ごぜん）（上午）

參考答案 01 おととい　02 昨日（きのう）　03 今日（きょう）　04 今（いま）
05 明日（あした）　06 あさって　07 毎日（まいにち）

□ ＿＿＿＿＿＿傘(かさ)を　買(か)いました。
前天買了雨傘。

□ ＿＿＿＿＿＿は　誰(だれ)も　来(き)ませんでした。
昨天沒有半個人來。

□ ＿＿＿＿＿＿は　早(はや)く　寝(ね)ます。
今天我要早點睡。

□ ＿＿＿＿＿＿何(なに)を　して　いますか。
你現在在做什麼呢？

□ 村田(むらた)さんは＿＿＿＿＿＿病院(びょういん)へ　行(い)きます。
村田先生明天要去醫院。

□ ＿＿＿＿＿＿も　いい　天気(てんき)ですね。
後天也是好天氣呢！

□ ＿＿＿＿＿＿いい　天気(てんき)ですね。
每天天氣都很好呢。

□ ＿＿＿＿＿＿公園(こうえん)を　散歩(さんぽ)しました。
早上我去公園散了步。

□ ＿＿＿＿＿＿図書館(としょかん)に　本(ほん)を　返(かえ)しました。
今天早上把書還給圖書館了。

□ ＿＿＿＿＿＿髪(かみ)の　毛(け)を　洗(あら)ってから　出(で)かけます。
每天早上洗完頭髮才出門。

□ 東京(とうきょう)は　明日(あした)の＿＿＿＿＿＿から　雨(あめ)が　降(ふ)ります。
東京明天中午後會下雨。

□ 明後日(あさって)の＿＿＿＿＿＿、天気(てんき)は　どう　なりますか。
後天上午的天氣如何呢？

□ ＿＿＿＿＿＿7時(しちじ)に　友達(ともだち)に　会(あ)います。
下午7點要和朋友見面。

08 朝(あさ)　09 今朝(けさ)　10 毎朝(まいあさ)　11 昼(ひる)
12 午前(ごぜん)　13 午後(ごご)

編號	單字	詞性・中譯	類/對
014	夕方（ゆうがた）	名 傍晚	類 夕暮れ（ゆうぐれ）（黃昏） 對 朝方（あさがた）（早晨）
015	晩（ばん）	名 晚，晚上	類 夜（よる）（晚上） 對 朝（あさ）（早上）
016	夜（よる）	名 晚上，夜裡	類 晩（ばん）（晚上） 對 昼（ひる）（白天）
017	夕べ（ゆうべ）	名 昨天晚上，昨夜	類 昨夜（さくや）（昨晚）
018	今晩（こんばん）	名 今天晚上，今夜	類 今夜（こんや）（今晚）
019	毎晩（まいばん）	名 每天晚上	類 毎夜（まいよ）（每夜）
020	後（あと）	名（時間）以後；（地點）後面；（距現在）以前；（次序）之後	類 以後（いご）（以後）
021	初め（はじめ）（に）	名 開始，起頭；起因	對 終わり（おわり）（結束）
022	時間（じかん）	名 時間，功夫；時刻，鐘點	類 時（とき）（…的時候）
023	～時間（じかん）	名 …小時，…點鐘	
024	何時（いつ）	代 何時，幾時，什麼時候；平時	類 いつ頃（ごろ）（什麼時候）

哪裡不一樣呢？

夕方（ゆうがた）

指傍晚。

夕べ（ゆうべ）

指昨晚；也指傍晚。

參考答案
⑭ 夕方（ゆうがた）　⑮ 晩（ばん）　⑯ 夜（よる）　⑰ 夕べ（ゆうべ）
⑱ 今晩（こんばん）　⑲ 毎晩（まいばん）　⑳ 後（あと）

□ ＿＿＿＿＿＿まで　妹と　いっしょに　庭で　遊びました。
我和妹妹一起在院子裡玩到了傍晚。

□ 朝から＿＿＿＿＿＿まで　歌の　練習を　した。
從早上練歌練到晚上。

□ 私は　昨日の＿＿＿＿＿＿友達と　話した　後で　寝ました。
我昨晚和朋友聊完天後，便去睡了。

□ 太郎は＿＿＿＿＿＿晩ご飯を　食べないで　寝ました。
昨晚太郎沒有吃晚餐就睡了。

□ ＿＿＿＿＿＿の　ご飯は　何ですか。
今晚吃什麼？

□ 私は＿＿＿＿＿＿新聞を　読みます。それから　ラジオを　聞きます。
我每晚都看報紙。然後會聽廣播。

□ 顔を　洗った＿＿＿＿＿＿で、歯を　磨きます。
洗完臉後刷牙。

□ 1時ごろ＿＿＿＿＿＿に、女の子が　来ました。
1點左右，開始有女生來了。

□ 新聞を　読む＿＿＿＿＿＿が　ありません。
沒時間看報紙。

□ 24＿＿＿＿＿＿。
24小時。

□ 冬休みは＿＿＿＿＿＿から　始まりましたか。
寒假是什麼時候開始放的？

晩（ばん）
從日落到就寢。

夜（よる）
從日落到日出前。

㉑ 初め　㉒ 時間　㉓ 時間　㉔ いつ

2 年、月份

001	せんげつ 先月	名 上個月	類 ぜんげつ 前月（前 1 個月） 對 らいげつ 来月（下個月）
002	こんげつ 今月	名 這個月	類 ほんげつ 本月（本月）
003	らいげつ 来月	名 下個月	類 よくげつ 翌月（下個月） 對 せんげつ 先月（上個月）
004	まいげつ 毎月／まいつき 毎月	名 每個月	類 つき 月ごと（每月）
005	ひとつき 一月	名 1 個月	類 いっかげつ 1 ヶ月（1 個月）
006	おととし 一昨年	名 前年	類 いっさくねん 一昨年（前 1 年）
007	きょねん 去年	名 去年	類 さくねん 昨年（去年）
008	ことし 今年	名 今年	類 ほんねん 本年（今年）
009	らいねん 来年	名 明年	類 よくねん 翌年（翌年） 對 きょねん 去年（去年）
010	さらいねん 再来年	名 後年	類 みょうごねん 明後年（後年）
011	まいねん 毎年／まいとし 毎年	名 每年	類 とし 年ごと（每年）
012	とし 年	名 年；年紀	類 ねんれい 年齢（年齡）
013	とき ～時	名 時	類 じかん 時間（時候）

參考答案 01 せんげつ 先月 02 こんげつ 今月 03 らいげつ 来月 04 まいつき 毎月 05 ひとつき 一月 06 おととし 07 きょねん 去年

□ ＿＿＿＿＿子(こ)どもが　生(う)まれました。
上個月小孩出生了。

□ ＿＿＿＿＿も　忙(いそが)しいです。
這個月也很忙。

□ 私(わたし)の　子(こ)どもは＿＿＿＿＿から　高校(こうこう)に　行(い)きます。
我孩子下個月要上高中了。

□ ＿＿＿＿＿15日(じゅうごにち)が　給料日(きゅうりょうび)です。
每個月 15 號發薪水。

□ あと＿＿＿＿＿で　お正月(しょうがつ)ですね。
再 1 個月就是新年了呢。

□ ＿＿＿＿＿旅行(りょこう)しました。
前年我去旅行了。

□ ＿＿＿＿＿の　冬(ふゆ)は　雪(ゆき)が　1回(いっかい)しか　降(ふ)りませんでした。
去年僅僅下了一場雪。

□ 去年(きょねん)は　旅行(りょこう)しましたが、＿＿＿＿＿は　しませんでした。
去年有去旅行，今年則沒有去。

□ ＿＿＿＿＿京都(きょうと)へ　旅行(りょこう)に　行(い)きます。
明年要去京都旅行。

□ 今(いま)、2001年(にせんいちねん)です。＿＿＿＿＿は　外国(がいこく)に　行(い)きます。
現在是 2001 年。後年我就要去國外了。

□ ＿＿＿＿＿友達(ともだち)と　山(やま)で　スキーを　します。
每年都會和朋友一起到山上滑雪。

□ 彼(かれ)、＿＿＿＿＿は　いくつですか。
他年紀多大？

□ 妹(いもうと)が　生(う)まれた＿＿＿＿＿、父(ちち)は　外国(がいこく)に　いました。
妹妹出生的時候，爸爸人在國外。

08 今年(ことし)　09 来年(らいねん)　10 さらいねん　11 毎年(まいとし)
12 年(とし)　13 時(とき)

3 代名詞

001	これ	代 這個，此；這人；現在，此時	類 こちら（這個）
002	それ	代 那，那個；那時，那裡；那樣	類 そちら（那個）
003	あれ	代 那，那個；那時；那裡	類 あちら（那個）
004	どれ	代 哪個	類 どちら（那個）
005	ここ	代 這裡；（表程度，場面）此，如今；（表時間）近來，現在	類 こちら（這裡）
006	そこ	代 那兒，那邊	類 そちら（那裡）
007	あそこ	代 那邊	類 あちら（那裡）
008	どこ	代 何處，哪兒，哪裡	類 どちら（哪裡）
009	こちら	代 這邊，這裡，這方面；這位；我，我們（口語為"こっち"）	類 ここ（這裡）
010	そちら	代 那兒，那裡；那位，那個；府上，貴處（口語為"そっち"）	類 そこ（那裡）
011	あちら	代 那兒，那裡；那位，那個；府上，貴處（口語為"あっち"）	類 あそこ（那裡）
012	どちら	代（方向，地點，事物，人等）哪裡，哪個，哪位（口語為"どっち"）	類 どこ（哪裡）
013	この	連體 這…，這個…	

參考答案 01 これ　02 それ　03 あれ　04 どれ
05 ここ　06 そこ　07 あそこ

□ ＿＿＿＿＿＿は　私が　高校の　ときの　写真です。
這是我高中時的照片。

□ ＿＿＿＿＿＿は　中国語で　なんと　いいますか。
那個中文怎麼說？

□ これは　日本語の　辞書で、＿＿＿＿＿＿は　英語の　辞書です。
這是日文辭典，那是英文辭典。

□ あなたの　コートは＿＿＿＿＿＿ですか。
哪一件是你的大衣？

□ ＿＿＿＿＿＿で　電話を　かけます。
在這裡打電話。

□ 受付は＿＿＿＿＿＿です。
受理櫃臺在那邊。

□ ＿＿＿＿＿＿まで　走りましょう。
一起跑到那邊吧。

□ あなたは＿＿＿＿＿＿から　来ましたか。
你從哪裡來的？

□ 山本さん、＿＿＿＿＿＿は　スミスさんです。
山本先生，這位是史密斯小姐。

□ こちらが　台所で、＿＿＿＿＿＿が　トイレです。
這裡是廚房，那邊是廁所。

□ プールは＿＿＿＿＿＿に　あります。
游泳池在那邊。

□ ホテルは＿＿＿＿＿＿に　ありますか。
飯店在哪裡？

□ ＿＿＿＿＿＿仕事は　1時間ぐらい　かかるでしょう。
這項工作大約要花1個小時吧。

08 どこ　09 こちら　10 そちら　11 あちら
12 どちら　13 この

014	その	連體 那…，那個…	
015	あの	連體 （表第三人稱，離說話雙方都距離遠的）那裡，那個，那位	
016	どの	連體 哪個，哪…	
017	こんな	連體 這樣的，這種的	類 このような（這樣的）
018	どんな	連體 什麼樣的；不拘什麼樣的	類 どのような（哪樣的）
019	誰（だれ）	代 誰，哪位	類 どなた（哪位）
020	誰か（だれか）	代 誰啊	
021	どなた	代 哪位，誰	類 誰（だれ）（誰）
022	何（なに）／何（なん）	代 什麼；任何；表示驚訝	

哪裡不一樣呢？

どの

連體詞。後面接名詞。不可以當主詞。

どれ

指示代名詞。可以當主詞。

參考答案 ⑭ その ⑮ あの ⑯ どの ⑰ こんな ⑱ どんな ⑲ 誰（だれ） ⑳ 誰か（だれか）

☐ ＿＿＿＿＿＿テープは　5本(ごほん)で　600円(ろっぴゃくえん)です。
那個錄音帶，5 個賣 600 圓。

☐ ＿＿＿＿＿＿メガネの　方(かた)は　山田(やまだ)さんです。
那位戴眼鏡的是山田先生。

☐ ＿＿＿＿＿＿人(ひと)は　一番(いちばん)　強(つよ)いですか。
哪個人最強？

☐ ＿＿＿＿＿＿うちに　住(す)みたいです。
我想住這種房子。

☐ ＿＿＿＿＿＿音楽(おんがく)を　よく　聞(き)きますか。
你常聽哪一種音樂？

☐ 部屋(へや)には＿＿＿＿＿＿も　いません。
房裡誰也不在。

☐ ＿＿＿＿＿＿窓(まど)を　閉(し)めて　ください。
誰來把窗戶關一下。

☐ 今日(きょう)は＿＿＿＿＿＿の　誕生日(たんじょうび)でしたか。
今天是哪位生日？

☐ これは　＿＿＿＿＿＿という　スポーツですか。
這運動名叫什麼？

誰(だれ)

詢問不知姓名等的人。

誰(だれ)か

知道有人詢問是誰。

㉑ どなた　㉒ 何(なん)

4 感嘆詞及接續詞

001	ああ	感（表示驚訝等）啊，唉呀；哦	類 あっ（啊！）
002	あのう	感 喂，啊；嗯（招呼人時，說話躊躇或不能馬上說出下文時）	類 あの（喂）
003	いいえ	感（用於否定）不，不是，不對，沒有	類 いいや（不） 對 はい（是）
004	ええ	感（降調表肯定）是的；（升調表驚訝）哎呀；嗯	類 はい（是）
005	さあ	感（表示勸誘，催促）來；表躊躇，遲疑的聲音	類 さ（來吧）
006	じゃ／じゃあ	感 那麼（就）	類 では（那麼）
007	そう	感（回答）是，不錯；那樣地，那麼	
008	では	感 那麼，這麼說，要是那樣	類 それなら（如果那樣）
009	はい	感（回答）有，到；（表示同意）是的；（引起注意）喂	類 ええ（是）
010	もしもし	感（打電話）喂	類 申し申し（喂）
011	しかし	接續 然而，但是，可是	類 けれども（但是）
012	そうして／そして	接續 然後，而且；於是；以及	類 それから（然後）
013	それから	接續 然後；其次，還有；（催促對方談話時）後來怎樣	類 そして（然後）
014	それでは	接續 如果那樣；那麼，那麼說	類 それじゃ（那麼）
015	でも	接續 可是，但是，不過；就算	類 しかし（但是）

答案 01 ああ 02 あのう 03 いいえ 04 ええ 05 さあ 06 じゃあ 07 そう

☐ ______、白(しろ)い　セーターの　人(ひと)ですか。

啊！是穿白毛衣的人嗎？

☐ ______、本(ほん)が　落(お)ちましたよ。

喂！你書掉了唷！

☐「コーヒー、もう　いっぱい　いかがですか。」「______、結構(けっこう)です。」

「要不要再來一杯咖啡呢？」「不了，謝謝。」

☐「お母(かあ)さんは　お元気(げんき)ですか。」「______、おかげさまで　元気(げんき)です。」

「您母親還好嗎？」「不錯，託您的福，她很好。」

☐外(そと)は　寒(さむ)いでしょう。______、お入(はい)りなさい。

外面很冷吧。來，請進請進。

☐「映画(えいが)は　3時(さんじ)からです。」「______、2時(にじ)に　出(で)かけましょう。」

「電影3點開始。」「那麼，我們就兩點出門吧！」

☐「全部(ぜんぶ)　6人(ろくにん)で　来(き)ましたか」「はい、______です。」

「你們是6個人一起來的嗎？」「是的，沒錯。」

☐ ______、明日(あした)　見(み)に　行(い)きませんか。

那明天要不要去看呢？

☐「山田(やまだ)さん！」「______。」

「山田先生！」「有（到）。」

☐ ______、山本(やまもと)ですが、山田(やまだ)さんは　いますか。

喂！我是山本，請問山田先生在嗎？

☐時間(じかん)が　ある、______お金(かね)が　ない。

有空但是沒錢。

☐朝(あさ)は　勉強(べんきょう)し、______午後(ごご)は　プールで　泳(およ)ぎます。

早上唸書，然後下午到游泳池游泳。

☐家(いえ)から　駅(えき)まで　バスです。______、電車(でんしゃ)に　乗(の)ります。

從家裡坐公車到車站。然後再搭電車。

☐今日(きょう)は　5日(いつか)です。______8日(ようか)は　日曜日(にちようび)ですね。

今天是5號。那麼8號就是禮拜天囉。

☐彼(かれ)は　夏(なつ)______厚(あつ)い　コートを　着(き)て　います。

他就算是夏天也穿著厚重的外套。

08 では　09 はい　10 もしもし　11 しかし

12 そして　13 それから　14 それでは　15 でも

5 副詞、副助詞

001	余り（あまり）	副（後接否定）不太…，不怎麼…	類 あんまり（不大…）
002	一々（いちいち）	副 一一，一個一個；全部；詳細	類 それぞれ（個別）
003	一番（いちばん）	副 最初，第一；最好；最優秀	類 最も（もっと）（最）
004	何時も（いつも）	副 平常都是，經常，隨時，無論何時；日常，往常	類 常に（つねに）（經常）
005	すぐ（に）	副 馬上，立刻；輕易；（距離）很近，不遠處	類 直ちに（ただちに）（立刻）
006	少し（すこし）	副 一下子；少量，稍微，一點	類 ちょっと（稍微）
007	全部（ぜんぶ）	名 全部，總共	類 全体（ぜんたい）（整體） 對 一部（いちぶ）（一部份）
008	大抵（たいてい）	副 大部分（的時候），通常，差不多；（下接推量）多半；（接否定）一般	類 殆ど（ほとんど）（大部分）
009	大変（たいへん）	副 很，非常，大	類 重大（じゅうだい）（重大）
010	沢山（たくさん）	副・形動 很多，大量；足夠，不再需要	類 一杯（いっぱい）（充滿） 對 少し（すこし）（少許）
011	多分（たぶん）	副 大概，或許；恐怕	類 恐らく（おそらく）（恐怕）
012	段々（だんだん）	副 漸漸地	類 次第に（しだいに）（逐漸）
013	丁度（ちょうど）	副 剛好，正好；正，整；剛，才	類 ぴったり（恰好）

參考答案 01 あまり　02 いちいち　03 一番（いちばん）　04 いつも　05 すぐ　06 少し（すこし）　07 全部（ぜんぶ）

□ 今日(きょう)は＿＿＿＿＿＿忙(いそが)しく　ありません。
今天不怎麼忙。

□ ペンを＿＿＿＿＿＿数(かぞ)えないで　ください。
筆請不要一支支數。

□ 誰(だれ)が＿＿＿＿＿＿早(はや)く　来(き)ましたか。
誰是最早來的？

□ 私(わたし)は＿＿＿＿＿＿電気(でんき)を　消(け)して　寝(ね)ます。
我平常會關燈睡覺。

□ 銀行(ぎんこう)は　駅(えき)を　出(で)て＿＿＿＿＿＿右(みぎ)です。
銀行就在出車站不遠處的右手邊。

□ すみませんが、＿＿＿＿＿＿静(しず)かに　して　ください。
不好意思，請稍微安靜一點。

□ パーティーには＿＿＿＿＿＿で　何人(なんにん)　来(き)ましたか。
全部共有多少人來了派對呢？

□ ＿＿＿＿＿＿は　歩(ある)いて　行(い)きますが、時々(ときどき)　バスで　行(い)きます。
大都是走路過去的，但有時候會搭公車。

□ 昨日(きのう)の　料理(りょうり)は＿＿＿＿＿＿おいしかったです。
昨天的菜餚非常美味。

□ とりが＿＿＿＿＿＿空(そら)を　飛(と)んで　います。
許多鳥在天空飛翔著。

□ あの　人(ひと)は＿＿＿＿＿＿学生(がくせい)でしょう。
那個人大概是學生吧。

□ もう　春(はる)ですね。これから、＿＿＿＿＿＿暖(あたた)かく　なりますね。
已經春天了呢！今後會逐漸暖和起來吧。

□ 30(さんじゅう)　たす　70(ななじゅう)は＿＿＿＿＿＿100(ひゃく)です。
30 加 70 剛好是 100。

08 たいてい　09 たいへん　10 たくさん　11 たぶん
12 だんだん　13 ちょうど

014	ちょっと 一寸	副 稍微；一下子；（下接否定）不太…，不太容易…	類 すこ 少し（少許）
015	どう	副 怎麼，如何	類 いかが（如何）
016	どうして	副 為什麼，何故；如何，怎麼樣	類 なぜ（為何）
017	どうぞ	副（表勸誘，請求，委託）請；（表承認，同意）可以，請	類 どうか（請…）
018	どうも	副 怎麼也；很，實在，真是；謝謝；總覺得	類 ほんとう 本当に（真是）
019	ときどき 時々	副 有時，偶而	類 たま 偶に（偶爾）
020	とても	副 很，非常；（下接否定）無論如何也…	類 ひじょう 非常に（非常地）
021	なぜ 何故	副 為何，為什麼	類 どうして（為什麼）
022	はじ 初めて	副 最初，初次，第一次	類 さいしょ 最初に（一開始）
023	ほんとう 本当に	副 真正，真的很	類 じつ 実に（實在）
024	また 又	副 還，又，再；也，亦；而	類 ふたた 再び（再）
025	ま 未だ	副 還，尚；仍然；才，不過；並且	類 いま 未だ（尚為） 對 もう（已經）
026	ま　す 真っ直ぐ	副・形動 筆直，不彎曲；一直，直接	類 いっちょくせん 一直線（一直線）

參考答案 ⑭ ちょっと　⑮ どう　⑯ どうして　⑰ どうぞ
⑱ どうも　⑲ ときどき 時々　⑳ とても

- [ ] ＿＿＿＿＿＿これを　見て　くださいませんか。
  你可以幫我看一下這個嗎？
- [ ] この　店の　コーヒーは＿＿＿＿＿＿ですか。
  這家店的咖啡怎麼樣？
- [ ] 昨日は＿＿＿＿＿＿早く　帰りましたか。
  昨天為什麼早退？
- [ ] コーヒーを＿＿＿＿＿＿。
  請用咖啡。
- [ ] 遅く　なって、＿＿＿＿＿＿すみません。
  我遲到了，真是抱歉。
- [ ] ＿＿＿＿＿＿7時に　出かけます。
  有時候７點出門。
- [ ] 今日は＿＿＿＿＿＿疲れました。
  今天非常地累。
- [ ] ＿＿＿＿＿＿昨日は　来なかったですか。
  為什麼昨天沒來？
- [ ] ＿＿＿＿＿＿会ったとき　から、ずっと　君が　好きだった。
  我打從第一次看到妳，就一直很喜歡妳。
- [ ] お電話を＿＿＿＿＿＿ありがとう　ございました。
  真的很感謝您的來電。
- [ ] 今日の　午前は　雨ですが、午後から　曇りに　なります。夜には＿＿＿＿雨ですね。
  今天上午下雨，下午會轉陰。晚上又會再下雨。
- [ ] 図書館の　本は＿＿＿＿＿＿返して　いません。
  還沒還圖書館的書。
- [ ] ＿＿＿＿＿＿行って　次の　角を　曲がって　ください。
  直走，然後在下個轉角轉彎。

㉑ なぜ　㉒ 初めて　㉓ 本当に　㉔ 又
㉕ まだ　㉖ まっすぐ

編號	單字	意思	類/對
027	もう	副 另外，再	類 更（さら）に（再）
028	もう	副 已經；馬上就要，快要	類 既（すで）に（已經） 對 未（ま）だ（還未）
029	もっと	副 更，再；進一步；更稍微	類 一層（いっそう）（更加）
030	ゆっくり（と）	副 慢慢，不急，安穩	類 遅（おそ）い（慢）
031	よく	副 經常，常常	類 十分（じゅうぶん）（充分）
032	如何（いかが）	副・形動 如何，怎麼樣	類 どう（怎麼樣）
033	～位（くらい）／～位（ぐらい）	副助 大概，左右（數量或程度上的推測），上下	類 ほど（大約）
034	ずつ	副助 （表示均攤）每…，各…；表示反覆多次	類 毎（ごと）（每…）
035	だけ	副助 只…	類 のみ（只有）
036	ながら	接助 邊…邊…，一面…一面…	類 つつ（一面…一面…）

哪裡不一樣呢？

ちょうど

數量、時間等，剛剛好。

ちょっと

數量、程度或時間、距離等，一點點。

參考答案 27 もう　28 もう　29 もっと　30 ゆっくり　31 よく　32 いかが　33 ぐらい

□ ＿＿＿＿＿＿一度　ゆっくり　言って　ください。
請慢慢地再講一次。

□ ＿＿＿＿＿＿12時です。寝ましょう。
已經 12 點了。快睡吧！

□ いつもは＿＿＿＿＿＿早く　寝ます。
平時都會更早睡。

□ もっと＿＿＿＿＿＿話して　ください。
請再慢慢說！

□ 私は＿＿＿＿＿＿妹と　遊びました。
我以前常和妹妹一起玩耍。

□ ご飯を　もう　いっぱい＿＿＿＿＿＿ですか。
再來一碗飯如何？

□ 郵便局まで　どれ＿＿＿＿＿＿かかりますか。
到郵局大概要花多少時間？

□ 単語を　1日に　30＿＿＿＿＿＿覚えます。
一天各背 30 個單字。

□ 小川さん＿＿＿＿＿＿お酒を　飲みます。
只有小川先生要喝酒。

□ 朝ご飯を　食べ＿＿＿＿＿＿新聞を　読みました。
我邊吃早餐邊看報紙。

また

重複做某事。

まだ

尚未預定做某事。

---

34 ずつ　35 だけ　36 ながら

6 接頭、接尾詞及其他

編號	單字	詞性・中譯	類
001	御(お)～／御(おん)～	接頭 放在字首，表示尊敬語及美化語	類 御(ご)（貴（表尊敬））
002	～時(じ)	接尾 …點，…時	
003	～半(はん)	接尾 …半，一半	類 半分(はんぶん)（一半）
004	～分(ふん)	名（時間）…分；（角度）分	
005	～日(にち)	名 號，日，天（計算日數）	
006	～中(じゅう)	名・接尾 整個，全	
007	～中(ちゅう)	接尾 …期間，正在…當中；在…之中	
008	～月(がつ)	接尾 …月	
009	～ヶ月(かげつ)	接尾 …個月	
010	～年(ねん)	名 年（也用於計算年數）	
011	～頃(ころ)／～頃(ごろ)	名・接尾 （表示時間）左右，時候，時期；正好的時候	類 時(とき)（…的時候）
012	～過(す)ぎ	接尾 超過…，過了…，過渡	
013	～側(がわ)	接尾 …邊，…側；…方面，立場；周圍，旁邊	類 一面(いちめん)（另一面）

參考答案 01 お 02 時(じ) 03 半(はん) 04 分(ふん) 05 日(にち) 06 中(じゅう) 07 中(ちゅう)

- □ 広(ひろ)い＿＿＿＿＿＿庭(にわ)ですね。
  （貴）庭園真寬敞啊！
- □ 5(ご)＿＿＿＿＿＿ごろ　地下鉄(ちかてつ)に　乗(の)ります。
  5點左右搭地鐵。
- □ 9時(くじ)＿＿＿＿＿＿に　会(あ)いましょう。
  約9點半見面吧！
- □ 今(いま)　8時(はちじ)45(よんじゅうご)＿＿＿＿＿＿です。
  現在是8點45分。
- □ 1(いち)＿＿＿＿＿＿に　3回(さんかい)　薬(くすり)を　飲(の)んで　ください。
  一天請吃3次藥。
- □ タイは　1年(いちねん)＿＿＿＿＿＿暑(あつ)いです。
  泰國終年炎熱。
- □ 明日(あした)の　午前(ごぜん)＿＿＿＿＿＿は　いい　天気(てんき)に　なりますよ。
  明天上午期間會是好天氣喔！
- □ 私(わたし)の　おばさんは　10(じゅう)＿＿＿＿＿＿に　結婚(けっこん)しました。
  我阿姨在10月結婚了。
- □ 仕事(しごと)で　3(さん)＿＿＿＿＿＿日本(にほん)に　いました。
  因為工作的關係，我在日本待了3個月。
- □ だいたい　1(いち)＿＿＿＿＿＿に　2回(にかい)　旅行(りょこう)を　します。
  1年大約去旅行兩趟。
- □ 昨日(きのう)は　11時(じゅういちじ)＿＿＿＿＿＿寝(ね)ました。
  昨天11點左右就睡了。
- □ 今(いま)　9時(くじ)15分(じゅうごふん)＿＿＿＿＿＿です。
  現在是9點過15分。
- □ 本屋(ほんや)は　エレベーターの　向(む)こう＿＿＿＿＿＿です。
  書店在電梯對面的那一邊。

08 月(がつ)　09 ケ月(かげつ)　10 年(ねん)　11 ごろ
12 過(す)ぎ　13 側(がわ)

No.	單字	詞性・中文	類義詞
014	～達（たち）	接尾（表示人的複數）…們，…等	類 等（ら）（們）
015	～屋（や）	接尾 …店，商店或工作人員	類 店（みせ）（店）
016	～語（ご）	接尾 …語	類 単語（たんご）（單字）
017	～がる	接尾 覺得…	
018	～人（じん）	接尾 …人	類 人（ひと）（人）
019	～等（など）	副助（表示概括，列舉）…等	類 なんか（之類）
020	～度（ど）	名・接尾 …次；…度（溫度、角度等單位）	類 回数（かいすう）（次數）
021	～前（まえ）	名（時間的）…前，之前	類 以前（いぜん）（以前）
022	～時間（じかん）	接尾 …小時，…點鐘	類 時刻（じこく）（時刻）
023	～円（えん）	名・接尾 圓（日本的貨幣單位）；圓（形）	
024	皆（みんな）	代 大家，全部，全體	類 全員（ぜんいん）（全員）
025	方（ほう）	名（用於並列或比較屬於哪一）部類，類型，方面	
026	外（ほか）	名 其他，另外；別處，外部	類 よそ（別處）

參考答案 ⑭ たち ⑮ 屋（や） ⑯ 語（ご） ⑰ がる
⑱ 人（じん） ⑲ など ⑳ 度（ど）

- □ 学生（がくせい）＿＿＿＿＿＿は　どの　電車（でんしゃ）に　乗（の）りますか。
  學生們都搭哪一輛電車呢？
- □ すみません、この　近（ちか）くに　魚（さかな）＿＿＿＿＿＿は　ありますか。
  請問一下，這附近有魚販嗎？
- □ 日本（にほん）＿＿＿＿＿＿の　テストは　やさしかったですが、質問（しつもん）が　多（おお）かったです。
  日語考試很簡單，但是題目很多。
- □ きれいな　ものを　見（み）て　ほし＿＿＿＿＿＿人（ひと）が　多（おお）い。
  很多人看到美麗的事物，就覺得想得到它。
- □ 李（リー）さんは　日本（にほん）＿＿＿＿＿＿と　結婚（けっこん）した。
  李小姐和日本人結婚了。
- □ 朝（あさ）は　料理（りょうり）や　洗濯（せんたく）＿＿＿＿＿＿で　忙（いそが）しいです。
  早上要做飯、洗衣等，真是忙碌。
- □ たいへん、熱（ねつ）は　３９（さんじゅうきゅう）＿＿＿＿＿＿ありますよ。
  糟了！發燒到 39 度耶！
- □ 今（いま）　8時15分（はちじじゅうごふん）＿＿＿＿＿＿です。
  現在再 15 分就 8 點了。（8 點的 15 分鐘前）
- □ 昨日（きのう）は　6（ろく）＿＿＿＿＿＿ぐらい　寝（ね）ました。
  昨天睡了 6 個小時左右。
- □ それは　二（ふた）つで　5万（ごまん）＿＿＿＿＿＿です。
  那種的是兩個 5 萬圓。
- □ ＿＿＿＿＿＿の　前（まえ）で　歌（うた）を　歌（うた）いました。
  在大家的面前唱了歌。
- □ 静（しず）かな　場所（ばしょ）の＿＿＿＿＿＿が　いいですね。
  寧靜的地方（這類的）比較好啊。
- □ わかりませんね。＿＿＿＿＿＿の　人（ひと）に　聞（き）いて　ください。
  我不知道耶。問問看其他人吧！

21 前（まえ）　22 時間（じかん）　23 円（えん）　24 みんな
25 方（ほう）　26 ほか

模擬試題 **錯題糾錯＋解題攻略筆記！**

錯題 & 錯解

正解 & 解析

參考資料

絶對合格
日檢必考單字

第一回 新制日檢模擬考題 文字・語彙

第二回 新制日檢模擬考題 文字・語彙

第三回 新制日檢模擬考題 文字・語彙

＊以「國際交流基金日本國際教育支援協會」的「新しい『日本語能力試験』ガイドブック」為基準的三回「文字・語彙 模擬考題」。

もんだい１　漢字讀音問題 應試訣竅

這一題要考的是漢字讀音問題。出題形式改變了一些，但考點是一樣的。問題從舊制的20題減為12題。

漢字讀音分音讀跟訓讀，預估音讀跟訓讀將各佔一半的分數。音讀中要注意的有濁音、長短音、促音、撥音…等問題。而日語固有讀法的訓讀中，也要注意特殊的讀音單字。當然，發音上有特殊變化的單字，出現比率也不低。我們歸納分析一下：

1.音讀：接近國語發音的音讀方法。如：「花」唸成「か」、「犬」唸成「けん」。

2.訓讀：日本原來就有的發音。如：「花」唸成「はな」、「犬」唸成「いぬ」。

3.熟語：由兩個以上的漢字組成的單字。如：練習、切手、每朝、見本、為替等。

其中還包括日本特殊的固定讀法，就是所謂的「熟字訓読み」。如：「小豆」（あずき）、「土産」（みやげ）、「海苔」（のり）等。

4.發音上的變化：字跟字結合時，產生發音上變化的單字。如：春雨（はるさめ）、反応（はんのう）、酒屋（さかや）等。

もんだい1　＿＿＿の　ことばは　どう　よみますか。1・2・3・4から　いちばん　いい　ものを　ひとつ　えらんで　ください。

1　あなたの　すきな　番号は　なんですか。

1　ばんこう　　2　ばんごお　　3　ばんごう　　4　ばんご

2 えきの　となりに　交番が　あります。

1 こうばん　　2 こうはん　　3 こおばん　　4 こばん

3 車を　うんてんする　ことが　できますか。

1 くりま　　2 くろま　　3 くるま　　4 くらま

4 わたしの　クラスには　七月　うまれの　ひとが　5人も　います。

1 ななつき　　2 ななかつ　　3 しちがつ　　4 しちつき

5 いつ　結婚する　つもりですか。

1 けっこん　　2 けこん　　3 けうこん　　4 けんこん

6 かべの　時計が　とまって　いますよ。

1 とけえ　　2 どけい　　3 とけい　　4 どけえ

7 字引を　もって　くるのを　わすれました。

1 じひぎ　　2 じびき　　3 じびぎ　　4 じぴき

8 まだ　4さいですが、かんじで　名前を　かくことが　できます。

1 なまい　　2 なまえ　　3 なまへ　　4 おなまえ

9 この　紙は　だれのですか。

1 かみ　　2 がみ　　3 かま　　4 がま

10 音楽の　じゅぎょうが　いちばん　すきです。

1 おんかぐ　　2 おんがく　　3 おんかく　　4 おんがぐ

11 庭に　となりの　ネコが　はいって　きました。

1　にわ　　2　には　　3　なわ　　4　なは

12 まいつき　十日には　レストランで　しょくじを　します。

1　とうが　　2　とおか　　3　とうか　　4　とか

もんだい2　漢字書寫問題 應試訣竅

這一題要考的是漢字書寫問題。出題形式改變了一些，但考點是一樣的。問題預估為８題。

這道題要考的是音讀漢字跟訓讀漢字，預估將各佔一半的分數。音讀漢字考點在識別詞的同音異字上，訓讀漢字考點在掌握詞的意義，及該詞的表記漢字上。

解答方式，首先要仔細閱讀全句，從句意上判斷出是哪個詞，浮想出這個詞的表記漢字，確定該詞的漢字寫法。也就是根據句意確定詞，根據詞意來確定字。如果只看畫線部分，很容易張冠李戴，要小心。

もんだい２　＿＿＿の　ことばは　どう　かきますか。１・２・３・４から　いちばん　いい　ものを　ひとつ　えらんで　ください。

13　きってを　かいに　いきます。

1　切手　　2　功毛　　3　切于　　4　功手

14　この　ふくは　もう　あらって　ありますか。

1　洋って　　2　汁って　　3　洗って　　4　流って

15　ぼーるぺんで　かいて　ください。

1　ボールペン　　2　ボールペニ　　3　ボールペソ　　4　ボーレペン

16　ぽけっとに　なにが　はいって　いるのですか。

1　ポケット　　2　プケット　　3　パクット　　4　ピクット

17 おとうとは　<u>からい</u>　ものを　たべることが　できません。

1　辛い　　2　甘い　　3　甘い　　4　幸い

18 <u>すーぱー</u>へ　ぎゅうにゅうを　かいに　いきます。

1　スーポー　　2　クーポー　　3　ヌーパー　　4　スーパー

19 <u>くらい</u>ですから　きを　つけて　ください。

1　暗らい　　2　暗い　　3　明らい　　4　明い

20 きょうしつの　<u>でんき</u>が　つきません。

1　電气　　2　電気　　3　雷气　　4　雷気

もんだい3　選擇符合文脈的詞彙問題 應試訣竅

這一題要考的是選擇符合文脈的詞彙問題。這是延續舊制的出題方式，問題預估為10題。

這道題主要測試考生是否能正確把握詞義，如類義詞的區別運用能力，及能否掌握日語的獨特用法或固定搭配等等。預測名詞、動詞、形容詞、副詞的出題數都有一定的配分。另外，外來語也估計會出一題，要多注意。

由於我們的國字跟日本的漢字之間，同形同義字佔有相當的比率，這是我們得天獨厚的地方。但相對的也存在不少的同形不同義的字，這時候就要注意，不要太拘泥於國字的含義，而混淆詞義。應該多從像「暗号で送る」（用暗號發送）、「絶対安静」（得多靜養）、「口が堅い」（口風很緊）等日語固定的搭配，或獨特的用法來做練習才是。以達到加深對詞義的理解、觸類旁通、豐富詞彙量的目的。

もんだい３　（　　　）に　なにを　いれますか。１・２・３・４から　いちばん　いい　ものを　ひとつ　えらんで　ください。

21　ほんだなに　にんぎょうが　おいて　（　　　）。

1　います　　2　おきます　　3　あります　　4　いきます

22　あの　せんせいは　（　　　）ですから、しんぱいしなくて　いいですよ。

1　すずしい　　2　やさしい　　3　おいしい　　4　あぶない

23 「すみません、この　にくと　たまごを　（　　　　）。ぜんぶで　いくらですか。」
「ありがとう　ございます。1,200えんです。」

1　かいませんか　　2　かいたくないです
3　かいたいです　　4　かいました

24 からだが　よわいですから、よく　（　　　　）を　のみます。

1　びょうき　　2　のみもの　　3　ごはん　　4　くすり

25 その　えいがは　（　　　　）ですよ。

1　つらかった　　2　きたなかった　　3　まずかった　　4　つまらなかった

26 いまから　ピアノの　（　　　　）　いきます。

1　ならうに　　2　するに　　3　れんしゅうに　　4　のりに

27 （　　　　）　プレゼントを　かえば　いいと　おもいますか。

1　どんな　　2　なにの　　3　どれの　　4　どうして

28 （　　　　）が　たりません。すわれない　ひとが　います。

1　たな　　2　さら　　3　いえ　　4　いす

29 「すみません。たいしかんまで　どれぐらいですか。」
「そうですね、だいたい　2（　　　　）ぐらいですね。」

1　グラム　　2　キロメートル　　3　キログラム　　4　センチ

30 おかあさんの　おとうさんは　（　　　　）です。

1　おじさん　　2　おじいさん　　3　おばさん　　4　おばあさん

もんだい4　替換同義詞 應試訣竅

這一題要考的是替換同義詞，或同一句話不同表現的問題，這是延續舊制的出題方式，問題預估為5題。

這道題的題目預測會給一個句子，句中會有某個關鍵詞彙，請考生從4個選項句中，選出意思跟題目句中該詞彙相近的詞來。看到這種題型，要能馬上反應出，句中關鍵字的類義跟對義詞。如：「太る（肥胖）」的類義詞有「肥える、肥る…」等；「太る」的對義詞有「やせる…」等。

這對這道題，準備的方式是，將詞義相近的字一起記起來。這樣，透過聯想記憶來豐富詞彙量，並提高答題速度。

另外，針對同一句話不同表現的「換句話說」問題，可以分成幾種不同的類型，進行記憶。例如：

比較句

○中小企業は大手企業より資金力が乏しい。

○大手企業は中小企業より資金力が豊かだ。

分裂句

○今週買ったのは、テレビでした。

○今週は、テレビを買いました。

○部屋の隅に、ごみが残っています。

○ごみは、部屋の隅にまだあります。

敬語句

○お支払いはいかがなさいますか。

○お支払いはどうなさいますか。

同概念句

○夏休みに桜が開花する。

○夏休みに桜が咲く。

…等。

也就是把「換句話說」的句子分門別類，透過替換句的整理，來提高答題正確率。

もんだい4　＿＿＿のぶんと　だいたい　おなじ　いみの　ぶんが　あります。1・2・3・4から　いちばん　いい　ものを　ひとつ　えらんで　ください。

31　ゆうべは　おそく　ねましたから、けさは　11じに　おきました。

1　きのうは　11じに　ねました。

2　きょうは　11じまで　ねて　いました。

3　きのうは　11じまで　ねました。

4　きょうは　11じに　ねます。

32　この　コーヒーは　ぬるいです。

1　この　コーヒーは　あついです。

2　この　コーヒーは　つめたいです。

3　この　コーヒーは　あつくないし、つめたくないです。

4　この　コーヒーは　あつくて、つめたいです。

33　あしたは　やすみですから、もう　すこし　おきて　いても　いいです。

1　もう　ねなければ　いけません。

2　まだ　ねて　います。

3　まだ　ねなくても　だいじょうぶです。

4　もう　すこしで　おきる　じかんです。

34 びじゅつかんに　いく　ひとは　この　さきの　かどを　みぎに　まがって　ください。

1 びじゅつかんに　いく　ひとは　この　まえの　かどを　まがって　ください。

2 びじゅつかんに　いくひとは　この　うしろの　かどを　まがって　ください。

3 びじゅつかんに　いく　ひとは　この　よこの　かどを　まがって　ください。

4 びじゅつかんに　いく　ひとは　この　となりの　かどを　まがって　ください。

35 きょねんの　たんじょうびには　りょうしんから　とけいを　もらいました。

1 1ねん　まえの　たんじょうびに　とけいを　あげました。

2 2ねん　まえの　たんじょうびに　とけいを　あげました。

3 この　とけいは　1ねん　まえの　たんじょうびに　もらった　ものです。

4 この　とけいは　2ねん　まえの　たんじょうびに　もらった　ものです。

もんだい1　＿＿＿の　ことばは　どう　よみますか。1・2・3・4から　いちばん　いい　ものを　ひとつ　えらんで　ください。

1　まだ　外国へ　いったことが　ありません。

1　かいごく　　2　がいこぐ　　3　がいごく　　4　がいこく

2　きのうの　ゆうしょくは　不味かったです。

1　まづかった　　2　まついかった　　3　まずかった　　4　まずいかった

3　3じに　友達が　あそびに　きます。

1　ともだち　　2　おともだち　　3　どもたち　　4　どもだち

4　再来年には　こうこうせいに　なります。

1　さいらいねん　　2　おととし　　3　らいねん　　4　さらいねん

5　えんぴつを　三本　かして　ください。

1　さんぽん　　2　さんほん　　3　さんぼん　　4　さんっぽん

6　その　箱は　にほんから　とどいた　ものです。

1　はこ　　2　ぱこ　　3　ばこ　　4　ばご

7　どんな　果物が　すきですか。

1　くだもん　　2　くだもの　　3　くたもの　　4　ぐたもの

8　えきの　入口は　どこですか。

1　はいりぐち　　2　いりくち　　3　いりぐち　　4　いるぐち

9 おじいちゃんは　いつも　万年筆で　てがみを　かきます。

1　まねんひつ　2　まんねんひつ　3　まんねんびつ　4　まんねんぴつ

10 ほんやで　辞書を　かいました。

1　しじょ　2　じしょう　3　じっしょ　4　じしょ

11 きょうは　夕方から　あめが　ふりますよ。

1　ゆかた　2　ゆうがだ　3　ゆうかだ　4　ゆうがた

12 わたしは　コーヒーに　砂糖を　いれません。

1　さと　2　さとお　3　さいとう　4　さとう

もんだい2　＿＿＿の　ことばは　どう　よみますか。1・2・3・4から　いちばん　いい　ものを　ひとつ　えらんで　ください。

13　これが　りょこうに　もって　いく　にもつです。

1　荷勿　　2　荷物　　3　何物　　4　苻物

14　おおきい　はこですが、かるいですよ。

1　経るい　　2　経い　　3　軽るい　　4　軽い

15　おじいちゃんは　まいげつ　びょういんに　いきます。

1　毎年　　2　毎月　　3　毎週　　4　毎回

16　まるい　テーブルが　ほしいです。

1　九るい　　2　九い　　3　丸るい　　4　丸い

17　わたしは　10さいから　めがねを　しています。

1　眼境　　2　眼鏡　　3　目鏡　　4　目竟

18　こんばんは　かえるのが　おそく　なります。

1　今夜　　2　今晩　　3　今日　　4　今朝

19　おきゃくさんが　げんかんで　まって　います。

1　玄関　　2　玄門　　3　玄間　　4　玄開

20　まっちで　ひを　つけます。

1　マッチ　　2　ムッテ　　3　ムッチ　　4　マッテ

もんだい３　（　　　）に　なにを　いれますか。１・２・３・４から　いちばん　いい　ものを　ひとつ　えらんで　ください。

21　きゅうに　そらが　（　　　）　きました。

1　ふって　　2　おりて　　3　さがって　　4　くもって

22　にわで　ねこが　ないて　（　　　）。

1　おきます　　2　あります　　3　います　　4　いります

23　としょしつは　5かいに　ありますから、そこの　かいだんを　（　　　）ください。

1　くだって　　2　さがって　　3　のぼって　　4　あがって

24　すみません、いちばん　ちかい　ちかてつの　えきは　どちらに　（　　　）。

1　いきますか　　2　いけますか　　3　おりますか　　4　ありますか

25　あさに　くだものの　（　　　）を　のむのが　すきです。

1　パーティー　　2　ジュース　　3　パン　　4　テーブル

26　テキストの　25ページを　（　　　）　ください。

1　おいて　　2　あけて　　3　あいて　　4　しめて

27　ゆうがたから　つめたくて　つよい　かぜが　（　　　）きました。

1　ふって　　2　きって　　3　とんで　　4　ふいて

28　（　　　　）　やまださんの　ほんですか。

1　なにが　　2　どちらが　　3　どなたが　　4　だれが

29　そこの　かどを　（　　　　）　ところが　わたしの　いえです。

1　いって　　2　いった　　3　まがって　　4　まがった

30　「すみません。この　（　　　　）を　まっすぐ　いくと　だいがくに　つきますか。」

「はい、つきますよ。」

1　かわ　　2　みち　　3　ひま　　4　くち

もんだい４　＿＿＿のぶんと　だいたい　おなじ　いみの　ぶんが　あります。１・２・３・４から　いちばん　いい　ものを　ひとつ　えらんで　ください。

31　えいごの　しゅくだいは　きょうまでに　やる　つもりでした。

1　えいごの　しゅくだいは　きょうから　ぜんぶ　しました。

2　えいごの　しゅくだいは　もう　おわりました。

3　えいごの　しゅくだいは　まだ　できて　いません。

4　えいごの　しゅくだいは　きょうまでに　おわりました。

32　さいふが　どこにも　ありません。

1　どこにも　さいふは　ないです。

2　どちらの　さいふも　ありません。

3　どこかに　さいふは　あります。

4　どこに　さいふが　あるか　きいて　いません。

33　この　じどうしゃは　ふるいので　もう　のりません。

1　この　じどうしゃは　ふるいですが、まだ　のります。

2　この　じどうしゃは　あたらしいので、まだ　つかいます。

3　この　じどうしゃは　あたらしいですが　つかいません。

4　この　じどうしゃは　ふるいですので、もう　つかいません。

34　おちゃわんに　はんぶんだけ　ごはんを　いれて　ください。

1　おちゃわんに　はんぶんしか　ごはんを　いれないで　ください。

2　おちゃわんに　はんぶん　ごはんが　はいって　います。

3　おちゃわんに　はんぶん　ごはんを　いれて　あげます。

4　おちゃわんに　はんぶんだけ　ごはんを　いれて　くれました。

35 まだ　7じですから　もう　すこし　あとで　かえります。

1　もう　7じに　なったので、いそいで　かえります。

2　まだ　7じですから、もう　すこし　ゆっくりして　いきます。

3　7じですから、もう　かえらなければ　いけません。

4　まだ　7じですが、もう　かえります。

もんだい１　＿＿＿の　ことばは　どう　よみますか。１・２・３・４から　いちばん　いい　ものを　ひとつ　えらんで　ください。

1　おかあさんは　台所に　いますよ。

1　たいどころ　　2　だいところ　　3　たいところ　　4　だいどころ

2　一昨年から　すいえいを　ならって　います。

1　おととし　　2　おとうとい　　3　おとうとし　　4　おととい

3　赤い　コートが　ほしいです。

1　あおい　　2　くろい　　3　あかい　　4　しろい

4　九時ごろに　おとうさんが　かえって　きます。

1　くじ　　2　きゅうじ　　3　くっじ　　4　じゅうじ

5　ともだちに　手紙を　かいて　います。

1　てかみ　　2　でがみ　　3　てがみ　　4　おてかみ

6　封筒に　いれて　おくりますね。

1　ふっとう　　2　ふうと　　3　ふうとう　　4　ふうとお

7　いもうとを　病院に　つれて　いきます。

1　びょういん　　2　びょうい　　3　ぴょういん　　4　ぴょうい

8　「すみません、灰皿　ありますか。」

1　へいさら　　2　はいさら　　3　はいざら　　4　はえざら

9 こどもは　がっこうで　平仮名を　ならって　います。

1 ひらがな　　2 ひらかな　　3 ひいらがな　　4 ひんらがな

10 今晩は　なにか　よていが　ありますか。

1 こんはん　　2 ごんはん　　3 こばん　　4 こんばん

11 かいしゃへ　いく　ときは、背広を　きます。

1 ぜひろ　　2 せひろ　　3 せぴろ　　4 せびろ

12 かのじょは　わたしが　はじめて　おしえた　生徒です。

1 せいとう　　2 せいと　　3 せえと　　4 せへと

もんだい2 ＿＿＿の ことばは どう かきますか。1・2・3・4から いちばん いい ものを ひとつ えらんで ください。

13 いえを でる まえに しんぶんを よみます。

1 聞新　2 新文　3 親聞　4 新聞

14 あめの ひは きらいです。

1 嫌い　2 兼い　3 兼らい　4 嫌らい

15 ごごは ぷーるへ いく つもりです。

1 パール　2 プーレ　3 プール　4 ペーレ

16 てんきが いいので、せんたくします

1 先濯　2 流躍　3 洗躍　4 洗濯

17 がっこうの もんの まえに はなが さいて います。

1 門　2 問　3 間　4 関

18 かいじょうには おおぜいの ひとが います。

1 多熱　2 多勢　3 大勢　4 太勢

19 じぶんの へやが ありますか。

1 倍屋　2 部渥　3 部屋　4 部握

20 すこし せまいですが、だいじょうぶですか。

1 狭い　2 峡い　3 挟い　4 小い

もんだい３　（　　　）に　なにを　いれますか。１・２・３・４から　いちばん　いい　ものを　ひとつ　えらんで　ください。

21　おとうとは　おふろから　でると、（　　　）ぎゅうにゅうを　のみます。

1　いっぱい　　2　いっこ　　3　いっちゃく　　4　いちまい

22　きの　うしろに　（　　　）どうぶつが　いますよ。

1　どれか　　2　なにか　　3　どこか　　4　これか

23　あしたは　ゆきが　（　　　）。

1　さがるでしょう　　2　おりるでしょう

3　ふるでしょう　　4　はれるでしょう

24　となりの　おばあちゃんが　おかしを　（　　　）。

1　もらいました　　2　くれました

3　あげました　　4　ちょうだいしました

25　えきの　ちかくには　スーパーも　デパートも　あって　とても（　　　）。

1　へんです　　2　わかいです　　3　べんりです　　4　わるいです

26　いもうとは　いつも　（　　　）に　あめを　いれて　います。

1　ボタン　　2　レコード　　3　ステーキ　　4　ポケット

27　たいふうが　きましたので、でんしゃが　（　　　）。

1　とめました　　2　やみました　　3　やりました　　4　とまりました

28 あしたは　にほんごの　テストですね。テストの　じゅんびは　（　　　　）。

1 どうですか　　2 なにですか　　3 どうでしたか　4 どうしましたか

29 きのう　ふるい　ざっしを　あねから　（　　　　）。

1 あげました　　2 くれます

3 ちょうだいします　　4 もらいました

30 そこの　さとうを　（　　　　）　くださいませんか。

1 さって　　2 きって　　3 とって　　4 しって

もんだい4　＿＿＿のぶんと　だいたい　おなじ　いみの　ぶんが　あります。1・2・3・4から　いちばん　いい　ものを　ひとつ　えらんで　ください。

31　この　ことは　だれにも　いって　いません。

1　この　ことは　だれからも　きいて　いません。

2　この　ことは　だれも　いいません。

3　この　ことは　だれにも　おしえて　いません。

4　この　ことは　だれかに　いいました。

32　デパートへ　いきましたが、しまって　いました。

1　デパートへ　いきましたが、しめました。

2　デパートへ　いきましたが、きえて　いました。

3　デパートへ　いきましたが、あいて　いませんでした。

4　デパートへ　いきましたが、あけて　いませんでした。

33　きょうは　さむくないですから　ストーブを　つけません。

1　きょうは　さむいですが、ストーブを　けしません。

2　きょうは　さむいので　ストーブを　けします。

3　きょうは　あたたかいので　ストーブを　つかいません。

4　きょうは　あたたかいですが、ストーブを　つかいます。

34 あの　おべんとうは　まずくて　たかいです。

1　あの　おべんとうは　おいしくて　やすいです。

2　あの　おべんとうは　おいしくて　たかいです。

3　あの　おべんとうは　おいしくなくて　やすいです。

4　あの　おべんとうは　おいしくなくて　たかいです。

35 こんげつは　11にちから　1しゅうかん　やすむ　つもりです。

1　11にちまで　1しゅうかん　やすんで　います。

2　こんげつの　11にちまで　1しゅうかん　やすみます。

3　こんげつは　11にちから　18にちまで　やすみます。

4　こんげつは　いつかから　11にちまで　やすみます。

第一回

問題 1

1	3	2	1	3	3	4	3	5	1
6	3	7	2	8	2	9	1	10	2
11	1	12	2						

問題 2

13	1	14	3	15	1	16	1	17	1
18	4	19	2	20	2				

問題3

21	3	22	2	23	3	24	4	25	4
26	3	27	1	28	4	29	2	30	2

問題4

31	2	32	3	33	3	34	1	35	3

第二回

問題 1

1	4	2	3	3	1	4	4	5	3
6	1	7	2	8	3	9	2	10	4
11	4	12	4						

問題 2

13	2	14	4	15	2	16	4	17	2
18	2	19	1	20	1				

問題3

21	4	22	3	23	3	24	4	25	2
26	2	27	4	28	2	29	4	30	2

問題4

31	3	32	1	33	4	34	1	35	2

第三回

問題 1

1	4	2	1	3	3	4	1	5	3
6	3	7	1	8	3	9	1	10	4
11	4	12	2						

問題 2

13	4	14	1	15	3	16	4	17	1
18	3	19	3	20	1				

問題3

21	1	22	2	23	3	24	2	25	3
26	4	27	4	28	1	29	4	30	3

問題4

31	3	32	3	33	3	34	4	35	3

模擬試題 **錯題糾錯＋解題攻略筆記！**

錯題＆錯解

正解＆解析

參考資料

絕對合格
日檢必考單字

索引

Japanese Index

Index 索引

う

え

お

か

き

く

け

こ

さ

し

す

せ

そ

た

ち

つ

て

と

な

に

ぬ

ね

の

は

ひ

ふ

へ

ほ

ま

み

む

め

も

や

ゆ

よ

ら

り

れ

ろ

わ

【日檢智庫QR碼 31】

Qr-Code
線上音檔

用填空背單字＆情境網
絕對合格 日檢必考單字N5（25K）

■ 發行人／林德勝

■ 著者／小池直子、林勝田 著

■ 出版發行／山田社文化事業有限公司
地址 臺北市大安區安和路一段112巷17號7樓
電話 02-2755-7622　02-2755-7628
傳真 02-2700-1887

■ 郵政劃撥／19867160號 大原文化事業有限公司

■ 總經銷／聯合發行股份有限公司
地址 新北市新店區寶橋路235巷6弄6號2樓
電話 02-2917-8022
傳真 02-2915-6275

■ 印刷／上鎰數位科技印刷有限公司

■ 法律顧問／林長振法律事務所 林長振律師

■ 書／定價 新台幣329元

■ 初版／2023年3月

© ISBN : 978-986-246-745-9

STS
山田社

STS
山田社